OUTRE-ATLANTIQUE
Les Raptors de l'Arizona
Tome 2

RJ SCOTT

V.L. LOCEY

Traduction par

ALEXIA VAZ

Révisé et corrigé par

LILY KAREY

Love Lane Books

Outre-atlantique (Les Raptors de l'Arizona #2)

Copyright © 2019 RJ Scott, Copyright © 2019 V.L. Locey, Copyright © 2025 Version française RJ Scott, Copyright © 2025 Version française V.L. Locey

Couverture par Meredith Russell

Correction (version originale) par Sue Laybourn

Traduit par Alexia Vaz

Révisé et corrigé par Lily Karey

Publié par Love Lane Books Limited

ISBN 9781785647550

Résumé

Outre-atlantique

Le plus grand voyage n'est pas celui qui mène de l'Angleterre aux États-Unis, c'est celui qui permet à deux hommes d'emprunter le chemin pour se trouver.

Sebastian Brown est en mission pour sauver les Raptors d'Arizona et tenir une promesse qu'il a faite à un ami de fac. Ou alors, il est en vacances. Il ne sait pas encore vraiment s'il a déjà pris sa décision. Dans tous les cas, quitter l'Angleterre pour rejoindre le désert aride de l'Arizona n'est pas franchement de la tarte, surtout à cause des doutes et des inquiétudes qu'il emporte. Il a révolutionné les pires des entreprises, mais face au challenge consistant à améliorer la réputation d'une équipe de hockey que tout le monde semble détester, il sait que ce boulot est fait pour lui.

La concentration est la clé, mais c'est plus facile à dire qu'à faire, quand Seb tombe en chute libre à cause de l'intrigant Alejandro. Tout son plan marketing repose sur le projet de transformer Alex en représentant de l'égalité et du fair-play. En revanche, malgré son dévouement total au sport et à ses yeux sombres et secrets, Alex est têtu et a des idées arrêtées. Il ne veut pas être au cœur de l'équipe et, pire que tout, il ne semble pas du tout apprécier Seb. Il faut tout le courage de ce dernier pour qu'il s'empêche de toucher Alex, mais la situation dégénère quand quelque chose se produit et que la vie de Seb ne sera peut-être plus jamais la même.

Alejandro Garcia a dû travailler dur pour arriver où il en est. Nés de parents immigrés mexicains, sa fratrie et lui n'ont jamais eu de facilité dans ce nouveau pays où leurs parents rêvaient de vivre. Fils natif de l'Arizona, Alex a toujours été l'homme de trop sur la glace, mais il ne va pas laisser quelque chose d'aussi stupide que son héritage se mettre en travers de ses rêves. Il est désormais un Raptor et il prévoit d'utiliser à bon escient son entraînement et son expérience de hockey universitaire. Travailler dur lui vient naturellement. Ses parents le lui ont inculqué dès la naissance. Être l'un des rares joueurs de hockey latinos lui donne envie de réussir, avec encore plus de détermination. Sa première saison professionnelle a eu quelques hauts, mais surtout des bas. Toutefois, Alex est un jeune homme têtu et l'échec n'est pas une option.

Alors que les Raptors galèrent à reconstruire non seulement leur équipe, mais aussi leurs valeurs propres, Alex se trouve attiré par l'un des amis des propriétaires, un grand Britannique dégingandé avec un visage angélique, un accent et une attitude qui l'ensorcellent tout comme ils le déroutent. Sebastian est tout ce qu'il pensait ne jamais apprécier, mais il ne peut se sortir l'homme sexy, plus âgé, et amusant de la tête. S'il y a bien un homme qu'il ne pourrait jamais présenter à ses parents – même s'il ne peut en présenter aucun, comme il est toujours bien dans le placard –, c'est Sebastian. Néanmoins, le désir ne connaît ni les problèmes socioéconomiques, ni l'âge, ni les frontières internationales. Le cœur veut ce qu'il veut et Alejandro veut Sebastian.

Dédicaces

Nous sommes immensément reconnaissantes envers Daniela Sarmiento qui a méticuleusement feuilleté le manuscrit et nous a grandement aidées avec notre emploi de l'espagnol dans ce récit. Toutes les erreurs restantes sont les nôtres… (RJ – les miennes, en fait, comme c'est moi qui ai réalisé la dernière correction après ses notes détaillées !)
Merci, Daniela. XXX

À ma famille, qui m'accepte avec toutes mes manies et mes excentricités. Même la banane en plastique dans mon étui de revolver.
VL Locey

À notre petite armée de relecteurs qui nous ont aidées à vérifier l'espagnol, les faits et l'orthographe…
Et comme toujours, à ma famille.

RJ Scott

OUTRE-ATLANTIQUE

RJ SCOTT & V.L. LOCEY

UN

Alex

I L N'Y A RIEN DE PLUS DÉPRIMANT QU'UNE MAISON VIDE. Le silence me tourmentait quand j'étais seul. Pour un mec élevé avec un frère et deux sœurs, une tonne d'oncles et de tantes, quatorze mille cousins éparpillés dans deux pays ainsi qu'une grand-mère qui avait déménagé aux États-Unis quelques années auparavant pour vivre avec mes parents et qui gardait contact avec moi quotidiennement, ça n'avait rien de naturel. Étant gamin, je n'avais connu une certaine mesure de la tranquillité que lorsque je m'étais enfermé dans un placard pour éviter la colère de mon grand frère après avoir cassé l'un de ses jouets. Même à cet instant-là, dans les cinq minutes, l'intégralité du clan Santos-Garcia était arrivée – y compris mon cousin Renaldo, qui travaillait pour un serrurier – et j'avais été extirpé de là. Ma famille ne croyait pas au temps passé seul.

La famille est ce qui rend une personne forte. *La familia hace a una persona fuerte.*

D'après mon expérience, la plupart des familles latinos étaient soudées, fortes et incroyablement fouineuses. Tout le monde mettait le nez dans les affaires des autres. Et cela avait beau me rendre fou quand j'étais adolescent, je mourais désormais d'envie d'avoir quelqu'un à qui parler. Je détestais constater que cet endroit restait figé et mort. Henry luttait pour sa vie et Ryker était parti pour le match des All-Star. Il avait carrément mérité d'y être invité et j'avais prévu de rouler jusqu'à San Luis, où vivait mon immense famille, pour assister aux nombreuses festivités. Henry ne méritait pas du tout ce qui lui était tombé dessus. J'avais juré devant Dieu que si j'en avais un jour l'occasion, j'écraserais Aarni Lankinen en bouillie pour les blessures qu'il avait causées à mon ami.

Tout d'abord, je devais cependant préparer mes affaires pour rendre une nouvelle visite à Henry. Je détestais le laisser. Tous les trois – Henry, Ryker et moi –, nous nous étions rapprochés au cours de la saison. Partager une maison ne pouvait que renforcer ou briser un lien. Elle nous avait réunis dans une certaine fraternité. Un trio de novices liés par notre amour du hockey, des gâteaux apéritifs au fromage, des films d'horreur en fin de soirée – Henry était une mauviette qui se cachait toujours derrière un coussin – et de la musique.

Désormais, il n'y avait plus que moi pour errer, laver le linge, faire les poussières et m'inquiéter du lent cheminement de mon ami avant qu'il nous rejoigne. *Los tres amigos*. Malheureusement, j'étais le dernier ami restant dans cette grande maison de location au sud de Tucson.

– Ça suffit. Merde, Alex, arrête de t'appesantir là-dessus et bouge-toi.

Mon *abuela* disait toujours ce genre de choses, ainsi que : *il n'y a rien de tel que de s'amuser avec toute la famille* ou *mon mari était une enflure.*

Ma grand-mère me manquait terriblement. Je touchai du bout du doigt le médaillon au bout d'une chaîne, gravée de la silhouette de San Sebastián. Elle me l'avait donné, car ce saint était le patron des athlètes et je le gardais contre moi, où je ne le perdrais pas. Je ne le portais pas constamment, surtout pas quand je jouais, mais il n'était jamais loin de ma portée.

San Luis était à moins de quatre heures d'ici, mais quelques fois, j'avais l'impression que ma grand-mère était de retour à Toluca, avec ce grand mur ridicule entre nous. Ses câlins et une assiette de ses *hojarascas* me manquaient. En fermant les yeux, je me rappelais le goût de ces biscuits sablés sucrés. Le souvenir des fois où je courais dans sa maison avec ma fratrie et mes cousins, pour récupérer quelques-unes de ces friandises sucrées et chaudes, me mit de meilleure humeur. Parfois, elle les servait avec son *arros con leche* fait maison. Son riz au lait et ses biscuits étaient le repas parfait pour ses petits-enfants et nous avions dû promettre de ne jamais faire savoir à notre *mamá* qu'elle nous nourrissait de sucreries pour le dîner.

Ma famille n'était qu'à un trajet en voiture d'ici. Me retrouver là-bas, à la maison, serait une bénédiction dont j'avais désespérément besoin. Je me mis donc en marche, rangeai la maison, passai l'aspirateur, terminai la lessive (qui incluait d'autres vêtements que j'avais trouvés dans le panier de linge sale de Henry) et me mis sérieusement à faire mes bagages. J'augmentai le son pour un duo entre Bad Bunny et Drake et sentis une partie de ma tristesse quitter mes épaules.

Ma bonne humeur demeura jusqu'à ce que je me pointe au centre de rééducation où se trouvait Henry, avec ses vêtements bien pliés dans un sac marin des Raptors. Me garer devant ce bâtiment suffit à me faire retomber, mais je balayai toutes ces idées, la rage et la mélancolie, pour afficher le visage d'Alex Santos-Garcia que tout le monde connaissait. Celui du mec qui souriait et faisait des blagues, qui adressait des clins d'œil aux jolies filles, et qui ne loupait jamais une confession ou la messe du dimanche. Le bon garçon, le fils qui rendait son *papá* fier. Le faux Alejandro, que tout le monde admirait parce qu'il était l'un des rares joueurs mexicano-américains de la NHL, n'était pas le véritable Alejandro, loin de là. Le vrai Alex cachait un secret sombre et corrosif au plus profond de son âme. Ce secret ferait pleurer ses parents et pousserait son Église à le qualifier de déviant.

— *Eh*, arrête, grondai-je envers moi-même.

Je coupai le moteur de ma Jeep et entrai dans le bâtiment, où le vigile m'arrêta immédiatement.

— Attendez, m'interpella-t-il en se levant de sa chaise.

J'interrompis ma foulée juste derrière les portes.

— Laissez-moi voir ce qui se trouve dans ce sac.

Je rivai mon regard sur lui, puis sur le couple blanc que j'avais suivi. Ils tenaient tous les deux de gigantesques sacs de courses devant lequel le vigile n'avait même pas cillé.

— Vous n'avez pas vérifié leurs sacs, lui fis-je remarquer.

Il était plus petit que moi, moins musclé également, mais il possédait un badge et une attitude qui m'était bien trop familière. Il pinça les lèvres.

— Montre-moi l'intérieur de ton sac, *amigo*, autrement tu peux retourner de là d'où tu venais.

— Très bien, d'accord, je comprends, dis-je avant de lui donner mon sac marin.

Il me lança un regard qui en disait long, avant de se retourner et de placer le sac sur la chaise sur laquelle il était auparavant assis. Il commença à sortir méthodiquement chaque vêtement qu'il secoua. Il remua également le sac une fois qu'il fut vide et tapota l'intérieur avant de faire glisser son doigt sur les coutures. Pendant tout ce spectacle d'une quinzaine de minutes, un tas de personnes de toute sorte passa. Des médecins, des infirmiers, des aides-soignants, des visiteurs. Et voilà que je restais planté là, avec mon jean, mon T-shirt des Raptors et mes baskets montantes. Je me sentais plus bas que le tapis sur lequel nous nous tenions. Je ne dis rien. Mes parents nous avaient appris cela. « *Laissez-les faire ce qu'ils pensent nécessaire*, nous avait expliqué mon père. *Ne répondez jamais, ne leur donnez jamais une raison de vous courir après et ayez toujours votre carte d'identité sur vous. Compris, mes petits ? »*

La plus grande peur de mes parents était de se retrouver emmenés lors d'un raid et d'être renvoyés au Mexique, même s'ils étaient citoyens américains, comme tous leurs enfants, à présent. Ma petite sœur et moi étions nés ici, mais le reste de ma fratrie était des Dreamers, jusqu'à ce qu'ils passent leur test après avoir obtenu leur diplôme de lycée. Pourtant, les choses étant comme elles étaient, personne dans la communauté latino ne se sentait parfaitement en sécurité…

— Bien, vous pouvez entrer, mais les visites sont limitées dans le temps, aujourd'hui. Ils vont traiter la vermine par fumigation, quelque chose comme ça. Faites en sorte de ne pas rester piégé, dit le vigile avant de s'éloigner pour me laisser avec les vêtements de Henry en bazar et éparpillés.

Je jurai dans ma barbe.

— *Cara de cerdo hijo de la gran puta* !

— Sympa, je n'ai jamais entendu personne l'appeler fils de pute à la tête de lard, avant.

Je jetai un coup d'œil sur ma gauche et trouvai une fille mignonne en blouse rose qui me souriait. Ses longs cheveux noirs étaient tirés en arrière dans une épaisse queue de cheval, ses yeux étaient grands et marron, tandis que ses lèvres étaient de la même couleur que du soda à la cerise.

— Je l'appelle toujours la limace à tête de morve.

Cette réplique me fit légèrement sourire.

— Excusez mon langage.

— Pas de mal, dit-elle en récupérant l'un des T-shirts de Henry et en le pliant avant de me le donner. C'est un connard. Il nous mène toujours la vie dure.

Nous signifiait toutes les personnes qui n'étaient pas aussi blanches que lui, j'en étais convaincu. J'acquiesçai.

— Henry parle constamment de vous. Je vous vois arriver et sortir tous les jours. Mais je ne vous espionne pas, hein !

Le rose inonda ses joues lisses et mates. Il semblerait qu'une jolie jeune femme m'ait évidemment reluqué et que je n'en aie pas repéré les signes. Tellement classique. J'étais vraiment nul quand il s'agissait de faire semblant d'être hétéro. Note à moi-même : prêter plus attention aux filles.

— Non, non, je ne pensais pas du tout que vous m'espionniez. Moi aussi, je vous ai remarquée, mentis-je comme une foutue carpette.

Mon regard se riva vers le bas, en direction de son badge, puis de sa poitrine, l'espace d'une seconde, car les mecs aimaient les seins. Les siens étaient beaux. Je crois.

— Blanca, c'est un si joli nom. Mon arrière-arrière-grand-mère du côté de mon père s'appelait aussi Blanca.

— Oh, c'est cool. Blanca Acosta Ramirez.

Elle me tendit sa minuscule main avant d'effectuer une petite révérence adorable.

Oui, cette jeune femme devrait me faire bander, n'est-ce pas ? Enfin, ce n'était pas le cas, mais ça devrait l'être, non ? Alors je devais faire comme si j'étais intéressé. Merde, je détestais tellement ça. Toutefois, elle était le genre de jeune femme que ma famille adorerait me voir fréquenter.

— Alejandro Santos-Garcia, dis-je en lui prenant la main et en me penchant devant elle pour embrasser ses articulations.

Elle gloussa et battit des cils. Avant que nous ayons fini de plier les vêtements, j'avais obtenu son numéro de téléphone. Elle semblait sympathique, un peu trop enthousiaste à mon goût, mais je me voyais bien aller dîner et voir quelques films avec elle. Peut-être lors d'un double rencard avec un autre mec de l'équipe. Enfin, mis à part Ryker, qui avait un petit ami. Je lui enviais cette liberté plus que je ne lui enviais ses aptitudes sur la glace. Je marquai une pause devant la chambre de Henry, chassai cette mauvaise humeur qui voulait revenir, et surgis dans la chambre de mon ami en souriant.

Henry était assis dans son lit. Il était toujours dans un sale état. Sa tête et son cou étaient bandés afin de protéger la blessure à l'œil qu'il avait subie lors de l'accident de voiture. Il réussit à me gratifier d'un sourire tremblant, malgré sa jambe brisée dans un plâtre qui lui coûterait le reste de la saison. Dieu seul savait ce que lui coûterait cette blessure à l'œil. Je touchai la croix dorée posée contre mon torse et priai rapidement la vierge Marie afin qu'elle le garde dans ses bonnes grâces.

— Salut, mec, comment te sens-tu, aujourd'hui ?

Je déposai son sac sur le lit et l'ouvris.

— Comme si j'avais foncé dans un mur, avec une voiture de sport minable, répondit-il.

Je lui tapotai la main, prenant soin d'éviter la perfusion enfoncée dans sa veine.

— J'ai l'impression que ma tête est remplie de rembourrage.

— Tu parles comme mon cousin Estefan quand il a trop bu, répliquai-je en emportant ses vêtements propres vers la commode, près de la porte de la salle de bain.

— Tu savais que Tennant Rowe avait reçu de l'aide ici, après sa blessure ? dis-je en jetant un coup d'œil à Henry, qui n'avait qu'un bon œil pour me voir.

C'était un bel œil, d'un bleu profond.

— Mon père me l'a dit.

— Je crois que ça en dit long, tu ne crois pas ? Regarde à quelle vitesse il a guéri ! Je parie qu'avant le prochain stage d'entraînement, tu auras repris les courses rapides sur tes patins.

Je déposai ses vêtements dans la commode, la fermai et me retournai. Je vis alors qu'il regardait fixement par la fenêtre.

— Mon pote, tu m'entends ?

Il fit pivoter sa tête dans ma direction. Son air maussade disparut et il me sourit.

— Alex, salut ! Ravi de te voir, me dit Henry d'une voix un peu trop forte.

Merde.

— Salut, mec, c'est bon de te voir !

Je lui souris et continuai à défaire ses effets

personnels, occultant les tics et les mots oubliés, le temps passé à lui rappeler qui était Ryker et les questions répétées. Les blessures à la tête étaient cruelles, nous le savions tous. Pas un seul joueur de hockey n'ignorait les conséquences d'un traumatisme crânien sur le cerveau. Et encore, si Henry n'avait eu qu'un traumatisme crânien à gérer...

— J'ai rencontré cette jolie fille, dans le couloir, dis-je en m'asseyant.

Son sourire sembla légèrement plus étincelant et nous parlâmes donc des femmes, mais aussi de chiens jusqu'à ce que je sois obligé de partir.

— Je rentre à la maison pendant la pause All-star, mais je t'appellerai tous les jours, d'accord ?

— Bien sûr, d'accord.

Il leva la main pour que je cogne son poing. Je m'exécutai délicatement et mis ses vêtements sales dans le sac marin. Je laissai ce dernier près de la porte afin que le service pressing s'en occupe pendant mon absence.

— Au revoir, Alex !

— À plus tard, mon pote.

Je me glissai dans le couloir, marquai une pause et fermai les yeux avant de prendre dix inspirations profondes. Je ne comptais pas m'effondrer ici, dans ce fichu couloir. Quelles conneries ! Pleurer n'avait mené personne où que ce soit. Il valait mieux mettre tout ça de côté, prendre son courage à deux mains et affronter le futur avec la tête haute. Mon avenir, pendant une semaine, se trouvait à San Luis. Mon portable vibra. Je le sortis de ma poche, souris en voyant de qui venait l'appel entrant, et décrochai immédiatement.

— Tu rentres bientôt à la maison ? Je suis allée faire des courses à l'heure du déjeuner. Je t'ai vu sur une photo Instagram. Quel jean minable, *mijo*, et pas de T-shirt, donc il semble que tu as évidemment besoin de vêtements. Je t'ai trouvé de bons jeans en solde.

Argh. Non, pas des jeans que je n'ai pas essayés avant. Ils ne passeront jamais mes fesses dodues et mes cuisses musclées. Acheter des jeans était des travaux pratiques, pour un joueur de hockey. Mais c'est l'intention qui compte, non ?

— *Mamá*, j'ai des vêtements.

— Alors, tu fais juste exprès de montrer ton torse partout sur Instagram ? Tu ne veux pas le genre de filles que ce type de photos attirera, Alejandro. Pourquoi ne pas partager une photo de toi en costume ? Tu es un si beau jeune homme, en costume.

Très bien, il était temps de changer de conversation.

— Je quitte le centre de rééducation à l'instant. Je devrais être à la maison pour le dîner, dis-je en passant devant le vigile à la porte sans lui adresser un doigt d'honneur.

Ma retenue était légendaire.

— Bien. Je partirai plus tôt et m'arrêterai au marché. Tu veux quelque chose de spécial ?

Je m'affalai derrière le volant de ma Jeep, les vents chauds soufflant autour du pare-brise, chassant la tristesse que je ressentais, rien que pour un petit moment.

— Du lait à la fraise. Oh ! Une sauce aux haricots noirs, des chips Limón… Oh ! Et des lupins ! Des prunes salées aux citrons. Pas les abricots. C'est Juan qui les aime bien.

— Quelle liste ! répliqua-t-elle en riant. Je te prendrai ce que tu aimes, ne t'inquiète pas. Ton frère et tes sœurs seront là ce soir. Dave et Mary aussi, bien sûr. Je crois que certains de tes cousins ont dit qu'ils passeraient, mais pas Héctor, parce qu'il est encore furieux que ton *papá* ne lui prête pas cent dollars pour qu'il s'achète un nouveau chat ! Imagine ! Nous lui avons dit que la fourrière était remplie de chats, qu'il pouvait aller en chercher un là-bas, mais tu connais Héctor. Il fait des plans sur la comète. Il compte élever des chats de luxe et les vendre. *Aquel estúpido.*

Oui, Héctor était stupide. Sa tête était emplie de piètres manigances pour devenir riche instantanément. Si seulement il pouvait se mettre au travail et bosser dur, il y arriverait. Nous entendions ce discours quotidiennement quand nous étions enfants. *Papá* nous mettait en rang, avant de partir au travail, et il nous embrassait sur le front en nous disant que le succès n'était pas un accident. Il le savait bien. Il était venu aux États-Unis sans rien d'autre que sa femme enceinte, deux enfants et un rêve. Désormais, il était le manager de dix Magix Marts dans la région de San Luis et ma mère gérait un grand cabinet dentaire. Ils avaient trimé. Le dur labeur, l'engagement et un rêve, nous avait chuchoté *Mamá* tous les soirs. Il ne fallait pas plus pour devenir un Américain accompli.

— Ignore Héctor. C'est un idiot. *Abuela* prépare des cookies ?

— À ton avis ?

— Ah, je l'adore. Et toi aussi ! dis-je en faisant des bruits de bisous dans le téléphone. Bon, j'y vais, maintenant. Je vais peut-être passer mettre de l'essence et acheter de quoi grignoter…

— *¡No ! Nada de snacks ! Arruinarás tu apetito.*

Je soupirai d'un air théâtral.

— D'accord, pas de friandises pour ne pas me couper l'appétit.

— Bon garçon. Oh, le Père Delgadillo vient aussi, donc assure-toi de te raser et de ne pas venir avec une fille vulgaire à ton bras.

— *Mamá*, ai-je déjà ramené une fille vulgaire à la maison ?

— Ne commence pas maintenant que tu joues pour les équipes des grandes ligues. Trouve-toi une gentille fille, quelqu'un qui va à l'église et qui espère se marier, un jour. Dieu sait que je me demande si Juan se casera, un jour. Je crois qu'il est peut-être gay. Donc tu devras trouver une bonne épouse et ta sœur un bon époux, bientôt, avant que je sois trop vieille pour faire rebondir mes petits-enfants sur mes genoux. Nous ne parlerons pas encore de bébés pour Elizabeth.

Je fermai les yeux.

— Luisa vient tout juste d'obtenir son diplôme d'infirmière. Pourquoi voudrait-elle avoir un bébé si rapidement ? Et c'est ma première année au sein de l'équipe. Tu n'as pas encore cinquante ans. Je crois qu'il te reste un peu de temps, hein ? *Si Dios quiere.*

J'exécutai promptement un signe de croix. Si Dieu le voulait, elle serait avec nous encore de nombreuses années, à parler de son besoin de petits-enfants ou à se tracasser pour Juan, qui n'était nullement gay et qui appréciait seulement sa vie de célibataire. Si seulement elle savait qu'elle se mettait dans tous ses états pour la sexualité du mauvais fils.

— Petit malin. Je dois y aller, me dit-elle.

Je reproduisis un nouveau signe de croix, comme ma mère le faisait également, sans aucun doute.

— Fais attention sur la route, *mijo*, ajouta-t-elle.

— *Si, siempre le hago, mamá. Nos vemos ahora.*

— *Adios*, Alejandro.

À la fin de ce coup de fil, je restai planté là à ruminer la semaine à venir. J'étais si content de rentrer à la maison et pourtant, je ressentais une grande culpabilité et une lourde inquiétude à l'idée que mon secret soit révélé. J'avais bien dissimulé mon homosexualité depuis que j'étais à l'université. Il n'avait fallu qu'un baiser d'Eddie Milkovich lors d'une fête de fraternité pour que ma vie soit changée pour toujours.

Pendant des années, j'avais été certain que mon manque d'intérêt pour les filles avait été causé par le hockey ou que je connaissais une puberté tardive, comme ma mère aimait le dire, bien que je mesure déjà plus d'un mètre quatre-vingt à quinze ans. Bien sûr, j'avais eu des rencards, j'avais emmené des filles danser, j'en avais même embrassées à quelques reprises lors de ma dernière année de lycée, mais je n'avais jamais ressenti un véritable embrasement. Je m'étais raisonné en me disant que j'étais l'une de ces personnes ayant besoin d'un engagement avant de s'enflammer et d'être excité par une fille. Non. Ça n'avait rien à voir avec une alliance, le hockey ou mes études. Je n'avais simplement jamais embrassé d'homme, dans ma vie. Oui, j'avais pensé à eux, j'avais découvert que certains traits masculins me plaisaient, comme les bras de Chris Hemsworth ou les yeux de Robert Pattinson, mais je n'avais jamais fantasmé sur l'idée de me taper un mec. Peut-être souhaitais-je en embrasser un ou le toucher pour voir si c'était différent d'avec une fille…

En y repensant, je voyais à quel point j'avais été attiré par les hommes, mais il avait fallu ce baiser alcoolisé derrière la maison d'une fraternité pour enclencher l'interrupteur. Désormais, trois ans plus tard, ce secret se trouvait en plein milieu de ma poitrine tel un rocher. À cet égard, rentrer à la maison rendrait les choses beaucoup plus complexes. Vivre avec Ryker m'avait ouvert les yeux et m'avait montré comment ma vie pourrait être dans un univers alternatif où Alex Santo-Garcias n'était pas mexicano-américain et fervent catholique. Peut-être que dans cet autre monde, Alex se trouverait un homme qu'il aimait et il pourrait le déclarer ouvertement. Peut-être que dans ce monde étrange sens dessus dessous, ses parents seraient aussi cool que ceux de Ryker – son père et son beau-père, ainsi que sa mère et son autre beau-père – et ils accueilleraient cet autre Alex au bras de son homme dans leur maison, leur cœur et leur paroisse.

— Et peut-être que des palets de hockey décolleraient de mon trou de balle, grognai-je avant d'allumer le moteur, de mettre une chanson de Shakira et d'enfouir toute cette histoire encore plus profondément.

DEUX

Sebastian

L'argent peut vous faire devenir l'homme que vous souhaitez être, quel qu'il soit.

L'argent liquide qui se déversait sur mes comptes m'avait permis de payer ce siège en première classe en direction des États-Unis, pour une traversée stylée de l'Atlantique depuis Londres. Des employés subtilement attentionnés s'occupaient de mon confort et le champagne coulait à flots alors que je restais assis dans mon cocon confortable avec mon costume Jasper Littman sur mesure et mes chaussures Ferragamo, pendant que ma Porsche était garée en toute sécurité sur le parking VIP de l'aéroport d'Heathrow. J'étais raffiné et gracieux. Melanie, l'hôtesse de l'air qui m'avait dit – avec un léger sourire et un regard empli de promesses – qu'elle pouvait m'obtenir *tout* ce que je voulais, ne verrait rien d'autre en moi qu'un homme riche et accompli se rendant aux États-Unis.

— Avez-vous besoin d'autre chose, monsieur ? demanda-t-elle en me touchant l'épaule pour appuyer sa question.

— Non, merci.

J'avais déjà vu l'éclat d'intérêt sur son visage. À mon avis, je n'étais pas particulièrement beau, j'étais simplement bien apprêté, d'une façon qui m'était propre. En revanche, j'avais les attributs de la richesse et la démarche arrogante et confiante associée. L'argent était réel, la démarche fausse, mais elle suffisait à attirer ceux que je désirais. Si seulement elle savait que j'étais plus intéressé par Robert, le steward qui gérait le rang devant moi, elle commencerait peut-être à y regarder de plus près pour trouver les indices trompeurs. Elle remarquerait potentiellement que j'étais affalé sur mon siège, au lieu de rester avec le dos droit, ou elle entendrait des voyelles pas aussi saccadées qu'elle s'y attendrait. Se préoccuperait-elle de la personne qu'elle trouverait sous ce masque, tant que j'avais l'argent pour soutenir l'image que je désirais projeter ?

Elle aimerait peut-être le fait qu'il n'y avait rien de civilisé chez ce Britannique en vêtements luxueux qui payait des milliers de dollars pour avoir le privilège de profiter du luxe à l'avant de l'avion.

— Puis-je vous débarrasser, monsieur ? demanda-t-elle en se penchant jusqu'à ce que mon visage soit plongé dans sa poitrine que j'ignorai.

J'attendis que la tablette soit débarrassée et échangeai des banalités appropriées avec Melanie, en évitant prudemment les seins susmentionnés. Je me focalisai ensuite sur les enjeux actuels et sortis mon carnet de notes. Je ne travaillais pas sur écran. Je me procurais des sources, imprimais le tout, les rassemblais et les lisais comme un livre imprimé. Quand je lisais, j'élaborais des plans potentiels et c'était seulement à ce moment-là que je m'engageais à prendre des décisions sur un format que d'autres pouvaient consulter. Mon manuel de stratégies en affaires sur les Raptors de l'Arizona était épais et encombrant. Je sortis les feutres auxquels je me fiais. Le vert était pour l'action, le bleu pour les enquêtes supplémentaires et le rouge pour les problèmes urgents. Je les posai à côté de moi, sur la petite tablette.

Par où commencer ?

Les Raptors de l'Arizona. Une équipe de la NHL. Plutôt minable, à en croire les statistiques générales. J'effectuai quelques calculs de tête et repartis quelques années en arrière. Il n'était pas difficile de voir qu'ils étaient aussi mauvais que je l'avais supposé. Inutile de *connaître* le hockey pour voir que jusqu'à la fin de la saison dernière, ils avaient eu du mal à accomplir l'acte le plus basique : jouer lors de leurs foutus matchs. Au moins, cette saison, qui s'était à moitié écoulée, ils avaient inscrit quelques points au tableau et étaient vingt-quatrièmes de la ligue. Se satisfaire d'un tel score s'avérait malheureux, étant donné qu'ils restaient tout de même dans les trois derniers.

L'ancien management avait peu de loyauté, les

nouveaux pataugeaient dans des eaux inconnues et, d'après les articles que j'avais lus, la plupart des connaisseurs s'attendaient à ce que les Raptors échouent. En creusant davantage, je découvrirais probablement que leurs joueurs stars souhaitaient constamment être dorlotés, que les investisseurs étaient impatients et exigeaient des résultats rapides, et que les médias scrutaient et commentaient tous leurs faits et gestes. La situation de base serait comme une cocotte-minute. Trois choses avaient également bousillé l'équipe : le changement de management et de propriétaire, le nouveau coach et – sujet tabou – l'affaire criminelle dans laquelle était impliqué l'un de leurs grands noms, un certain Aarni Lankinen.

D'autres business plus petits auraient été incapables de surmonter ce genre de tsunami chaotique, mais je devais bien avouer que le nouvel entraîneur, Rowen Carmichael, avait pris le taureau par les cornes. Il avait eu des conversations difficiles, dont j'avais la majorité des transcriptions. Ces échanges, assez détaillés pour que je les lise, me permettaient également d'avoir une base pour évaluer honnêtement chaque joueur. Il serait bien trop facile de venir voir les Raptors en difficulté et de mettre tout le monde sur le même plan en supposant qu'ils échouaient tous.

Ce n'était pas vrai. Il y avait eu du sang frais, cette saison. Trois nouveaux mecs qui se partageaient des statistiques impressionnantes. Je notai en bleu d'en apprendre plus sur eux trois et je rédigeai la liste de toutes les questions que je souhaitais leur poser. En regardant d'autres équipes et en me renseignant sur la façon dont le hockey fonctionnait en général – ce qui était presque entièrement nouveau pour moi –, j'appris qu'il y avait un afflux de nouveaux joueurs chaque année grâce à ce qu'on appelait la draft. Les meilleurs des meilleurs se battaient pour obtenir une place en NHL et nombre d'entre eux finissaient dans ce qu'on appelait des équipes mineures, au sein desquelles ils s'entraînaient jusqu'à être prêts pour les grandes équipes. Il y avait également des jeunes, tout droit venus de l'université et, en plus des sélectionnés et des transferts des équipes mineures, il y avait tout un groupe de mecs plus novices.

Jason m'avait envoyé une liste d'informations sur chaque joueur et je les feuilletai, glissant le plus gros trouduc du monde connu, Aarni Lankinen, en bas de la pile, car, d'après les dernières nouvelles, il allait finir en prison.

Ryker Madsen était le premier sur la liste, la plus grande star. Il était partout sur Instagram et Twitter, également, et avait un bon nombre d'abonnés grâce à quelqu'un du nom de… Tennant Rowe? Manifestement, Tennant était important et je l'ajoutai à ma liste pour effectuer des recherches supplémentaires. Ryker était un beau garçon, avec des traits marqués et des cheveux bouclés. Son sourire était contagieux. La mauvaise réputation de l'équipe était anéantie par ce sourire, qui laissait entrevoir une personne à l'aise dans sa peau. Il était du genre à mettre des buts extravagants et il était la tête d'affiche parfaite pour les Raptors. Si nous pouvions encourager davantage de personnes à le suivre, à l'aimer, nous aurions un tout nouveau public. Mais il était un peu trop parfait. Enfin, mis à part qu'il était gay, ce qui semblait causer quelques soucis.

Henry Greenaway était l'un des nouveaux, mais il était hors course pour le reste de la saison à cause d'une blessure à la tête. En visualisant la situation d'un air cynique, ce qui m'écœurait toujours, je m'imaginai construire une campagne sur sa convalescence, mais j'avais moi-même connu une relation abusive et je savais que ce gamin n'avait certainement pas besoin d'avoir constamment des caméras braquées sur lui.

Des caméras ? Oh, intéressant, je devrais le noter.

Un documentaire, un reportage dans les coulisses, ce genre d'éléments permettrait de montrer une équipe heureuse et unie avec des joueurs qui se faisaient des farces et n'étaient pas tous des trouducs démodés.

— Puis-je vous apporter quelque chose, monsieur ?

Je levai les yeux et découvris que c'était Robert, et non Melanie, qui me reluquait.

— Avez-vous besoin d'aide pour quoi que ce soit ?

— Melanie est en pause ? demandai-je en laissant délibérément mon regard tomber au niveau de son entrejambe, qui n'était pas raide étant donné que Robert était *juste là*.

— Oui, monsieur, répondit-il en haussant un unique sourcil.

Il avait beau correspondre à mon type (petit, mince, yeux bleus, cheveux blonds courts, tendance à être efféminé), j'étais plongé dans mes recherches et les mecs riches n'emmenaient pas des stewards dans les toilettes exiguës d'un avion pour recevoir une fellation.

— Pas pour l'instant, nuançai-je.

Il bouda avant de me faire un clin d'œil.

— Venez me trouver, si vous avez besoin de quoi que ce soit.

Je le regardai s'éloigner en se déhanchant. Je me demandai, l'espace d'un instant, si je pouvais laisser mon apparence d'homme d'affaires responsable s'estomper afin de laisser ressortir le vieux Seb, qui exigerait que Robert se mette immédiatement à genoux. Cette sensation passa, et bien que mon sexe désapprouve ma décision, mon cerveau se reconcentra immédiatement sur le problème présent.

Ce fut à ce moment-là que je tournai la page et *le* vis. Avec une érection sur le déclin et des pensées d'ébats crados dans les toilettes, je parcourus directement les détails du seul et unique Alejandro Ricardo Santos-Garcia ou Alex, comme l'appelaient ses amis.

Merde alors. Alex était bien loin du jeune homme malléable qui se conformerait à mes souhaits, il était plutôt sexy, baisable et adapté à toute autre pensée qui m'était déjà passée par la tête.

Je retournai vers la page de Henry, avant de prendre celle d'Alex à nouveau pour vérifier si la réaction viscérale que j'avais eue n'était qu'une passade.

Ça n'en était pas une.

J'aimais les yeux bleus. Pourtant, Alex avait des yeux marrons si foncés que je n'arrivais pas à distinguer la pupille sur ce cliché de l'équipe. Avec des cheveux noirs et une silhouette élancée, il était à l'opposé de mon faible pour les blonds, comme Robert le steward remplaçant. Ajoutez à cela qu'Alex était plus grand que mon mètre soixante-dix-sept et que sa concentration était intimidante. Je me rendis alors compte que j'avais peut-être baisé le mauvais genre de mecs toute ma vie.

Alex avait Instagram et j'y fus attiré pour voir d'autres photos de ce joueur de hockey sexy, mais ses publications concernaient surtout la nourriture. Il y avait un cliché de lui à la plage avec ses amis. Un autre de lui, avec son allure robuste malgré sa peau bronzée, aux dîners qu'il partageait avec des personnes aux noms à consonance espagnole. Je ne pouvais parler cet idiome, j'étais même nul dans n'importe quelle langue étrangère, mais pour lui, je pouvais apprendre les mots nécessaires à la formulation de requêtes sexuelles.

Calme-toi, mon gars. C'est un boulot. On ne baise pas les subalternes. Nous valons mieux que ça.

Je retournai la page d'Alex, après avoir noté qu'il avait le potentiel pour devenir le représentant des Raptors. Après m'être plongé dans les profils du reste de l'équipe, personne ne se démarqua à mes yeux de la même façon qu'Alex. Je cherchai donc son nom sur Wikipédia afin de commencer avec des faits basiques.

Il avait été sélectionné lors du troisième tour, ce qui n'était apparemment pas mal, puis il avait passé quatre ans à jouer au hockey au niveau universitaire à la fac d'Arizona State. Il venait d'une grande famille élargie et d'une ville non loin de la patinoire des Raptors de l'Arizona. Il avait deux sœurs, l'une plus âgée et l'autre plus jeune, ainsi qu'un frère plus vieux. En cliquant sur plusieurs liens, je découvris que son père gérait dix bâtiments de l'entreprise Magic Mart dans la région de San Luis. Alex était mexicano-américain et catholique pratiquant. C'était un bon gamin, clean, sans histoire de problème de gestion de la colère, de fêtes déchaînées, de coucheries à droite à gauche ou de femmes qu'il avait engrossées. À vrai dire, pas un soupçon de scandale n'était rattaché à son nom ou à sa famille qui travaillait dur. J'élargis les recherches et trouvai quelques forums de hockey mentionnant son nom. Je lus les commentaires sur ses statistiques, ses performances sur la glace, son poste, son arrivée chez les Raptors.

Cependant, je ne m'attendais pas à voir une telle animosité à son encontre. Ni les insultes raciales, les menaces de renvoi « chez lui » et pire encore, le déchaînement contre quiconque se retrouvait lié à lui. Ce souci devrait être maîtrisé si je pensais qu'Alex était la meilleure personne pour incarner le visage de l'équipe.

En revanche, je n'arrivais pas à comprendre la virulence de cette méchanceté. Être Britannique ne m'empêchait pas de comprendre les tensions raciales. En tant que nation, nous étions très doués pour former des groupes et en exclure d'autres. Néanmoins, il s'agissait de fans *sincères* des Raptors et ils insultaient le jeune homme, qui serait peut-être l'un des sauveurs de leur piètre équipe. Ça n'avait aucune logique.

— Monsieur, nous atterrirons sous peu à l'aéroport international de Tucson, m'informa Melanie en hochant la tête en direction des papiers et des objets électroniques éparpillés autour de moi.

Je rangeai le tout, éteignis l'iPad, remisai mon journal et regardai le ciel nocturne par le hublot. Tucson était juste là, à l'horizon. Une ville étincelante au milieu du désert. Je voyais la silhouette estompée des montagnes, mais il faisait trop sombre pour distinguer la majorité du paysage au-dessus duquel nous passions.

Franchir les douanes à LaGuardia avait été chronophage, mais je n'avais pas pu me dégoter de vol direct pour Tucson. Enfin, pour voir le côté positif des choses, ce retard à New York accéléra grandement le processus quand j'arrivai en Arizona, même si je dus attendre un peu devant le tapis des bagages, puis patienter une nouvelle fois.

— Seb ! Seb !

Je me retournai pour voir mon ami, Jason Westman-Reid, l'un des propriétaires des Raptors, qui courut dans ma direction pour m'étreindre fermement.

— C'est si bon de te voir, mec, ajouta-t-il.

— Ravi de te voir aussi, répondis-je honnêtement.

J'étais devenu un ami proche de cet Américain tonitruant et quelque peu agaçant lors de ma première année à Cambridge et ça ne s'était pas dissipé à l'école de commerce. Il avait décidé de venir au Royaume-Uni pour étudier afin de s'éloigner de son père autoritaire et cela avait été une chance pour moi, car il était plus ou moins devenu instantanément mon meilleur ami. Désormais, avec un océan entre nous, nous nous envoyions des e-mails, restions en contact de temps à autre via Facebook, et échangions des cartes de vœux à Noël. J'avais compati, quand son père était mort, et je lui avais envoyé des fleurs, mais il avait fallu un appel à l'aide de sa part pour que je traverse l'Atlantique. Mon travail était au Royaume-Uni. Cependant, je devais une grande faveur à Jason et si je pouvais me débarrasser de ma dette de ce côté-là, en trois mois, j'étais ravi de le faire.

— Tu es sûr que ça ne te dérange pas de rester dans le pavillon ? demanda-t-il alors même qu'il me parlait de sa famille, de ses enfants, Lewis et Deborah, et de sa femme, Yvonne, qui étaient au cœur de sa vie.

Je n'avais jamais cru qu'il serait du genre à se caser, comme j'avais passé pas mal de temps à observer sa période de débauche à Cambridge, mais curieusement, il avait trouvé ce qui lui convenait. Je ne l'enviais pas. Nous avions à peine la trentaine et j'avais encore beaucoup de choses à vivre avant de trouver cette mythique personne unique. Je n'étais même pas convaincu que ce soit possible pour moi. Ma mère avait cru trouver *sa* personne, mais il l'avait quittée dès qu'elle lui avait annoncé qu'elle était enceinte. Enfin, nous n'avions pas eu besoin de lui. Nous nous en étions bien sortis, tous les deux. Nous nous étions battus et avions travaillé dur. Quand je lui avais acheté une nouvelle maison, pour elle et ma tante Olivia, dans la campagne tranquille quelques années auparavant, la boucle avait été bouclée. Elle avait pris soin de moi et c'était désormais à mon tour de m'occuper d'elle.

— Le pavillon ? Bien sûr. J'ai vu les photos et il est plus grand qu'une chambre d'hôtel.

Dès que nous quittâmes l'aéroport, je commençai à lui poser des questions sur les Raptors et Jason sembla prêt et enclin à me répondre. Il serait mon lien avec l'équipe, l'intermédiaire pour m'aider à comprendre ce qu'il se passait là-bas.

— Parle-moi de la situation avec Aarni.

Je commençai donc par évoquer le merdier qui venait de se produire.

— Il a payé sa caution, il a été condamné, il est parti, merci mon Dieu.

— Ce qui laisse un vide dans l'équipe, je suppose ?

— Oui, particulièrement, comme Henry est indisponible aussi, mais je crois que Rowen et Cam ont les choses bien en main.

Rowen était le coach et Cam, le frère aîné plus discret de Jason.

— Et en ce qui concerne la situation financière ? insistai-je quand le silence s'installa.

Jason me jeta un rapide coup d'œil avant de se reconcentrer sur la route devant lui.

— Nous pouvons te payer, se défendit-il.

Je feignis un coup de poing sur son bras quand il démarra à un feu tricolore.

— Je t'en dois une. C'est gratuit. Considère que ce sont des vacances.

— Des vacances ? Ça, ce sont de sacrées vacances, mais merci d'être venu.

Je haussai les épaules comme si ça n'était rien alors

qu'en réalité, le fait que Jason m'appelle à l'aide voulait tout dire. Être estimé était ce qu'il y avait de mieux, chez l'homme que j'étais devenu.

— J'ai hâte de relever le défi. J'étais entre deux contrats.

Cette dernière phrase était un mensonge, mais je ne voulais pas que quiconque sache que j'avais passé toute une semaine à réarranger des contrats et à retarder des projets afin de pouvoir venir aux États-Unis. Il était hors de question que j'en informe Jason, car il avait déjà suffisamment d'inquiétudes avec ce qu'il se passait. Ma dérobade sembla fonctionner, car il me gratifia d'un sourire reconnaissant.

— Par où veux-tu commencer ? Parce que, si je te connais bien, je sais que je serai incapable de te persuader d'attendre demain avant de commencer.

— J'aimerais voir la patinoire, l'appréhender, et aussi rencontrer le coach Carmichael et commencer sur les chapeaux de roue, pour ne pas dire sur les patins.

Jason appuya sur un bouton de son volant et contacta COACH dont le nom apparu sur l'affichage électronique.

— Qu'y a-t-il, Jason ? demanda une voix qui résonna fortement dans la voiture. Je pensais que nous en avions fini avec les discussions et les engueulades, aujourd'hui.

Mon ami leva les yeux au ciel.

— Merde, Mark, pourquoi décroches-tu le portable de Rowen ?

— Parce qu'il est sous la douche, comme on a passé tout l'après-midi au lit et que…

— Je suis en voiture, l'interrompit Jason. *Avec Seb.*

— Oh, donc j'arrête cette conversation embarrassante sur le fait de me taper mon petit ami, répondit impassiblement Mark.

— Seigneur, oui.

Mark était le plus jeune des frères Westman-Reid, si mes souvenirs étaient bons. La brebis galeuse, celui qui avait nourri de nombreuses discussions alcoolisées, emplies de regrets, avec Jason, à l'époque. Ce dernier ne s'était jamais pardonné de ne pas avoir tenu tête à son père et d'avoir perdu le contact avec Mark. Clairement, des ponts avaient été rebâtis et tout était revenu à l'équilibre, à présent.

— Salut, Mark, dis-je en guise d'introduction. Je sais que nous ne nous sommes pas encore rencontrés, mais je suis ici pour travailler avec l'équipe.

— Oh, je sais. Salut, Seb. Jason nous a beaucoup parlé de toi.

— Il n'a pas dit que des choses positives, j'espère, rétorquai-je.

Je ris en même temps que Mark. *Garde un ton léger, reste tranquille. Les gens m'aiment davantage quand je suis le Seb amusant.*

— Non, ça va, répondit Mark. Vous voulez que je demande à Rowen de vous rappeler ?

— Vous pourriez nous retrouver à la patinoire dans une heure ? demanda Jason avant de me jeter un coup d'œil en biais à la recherche de mon approbation.

J'acquiesçai. Je m'attendais à ce qu'il y ait de la

négociation de la part de Mark, mais il répondit qu'ils seraient là et soudain, tout parut vraiment concret.

À LA PATINOIRE, Rowen – *appelez-moi Coach* – Carmichael me jugea en quelques secondes.

— Alors, vous n'avez pas beaucoup d'expérience avec le hockey, hein ? demanda-t-il quand nous eûmes échangé nos noms.

Jason et Mark nous observaient de loin, ce qui permettait à cette réunion de se dérouler presque sans témoin.

— Les affaires sont les affaires, répondis-je de façon énigmatique. Une équipe, c'est la même chose qu'une entreprise quand on en vient aux choses sérieuses.

Il fronça les sourcils en me regardant.

— Le hockey est un monde différent.

— Permettez-moi d'être respectueusement en désaccord. C'est la même chose quand je me rends dans n'importe quelle entreprise pour effectuer une évaluation et dire ce qu'il en est.

Il ouvrit la bouche, comme s'il allait exprimer son désaccord, et je levai donc une main pour l'en empêcher.

— En fin de compte, la seule manière de changer les gens, dans n'importe quelle organisation, c'est de leur expliquer avec les termes les plus clairs possibles ce qu'ils font de mal. Et si les membres d'une équipe quelconque ne veulent pas écouter, que ce soit dans le sport, dans les affaires ou dans n'importe quelle société structurée, ils n'ont pas leur place en son sein, expliquai-je.

Bien que Rowen acquiesce enfin, je le vis se hérisser légèrement.

— Une question. Êtes-vous en train de me dire, avec cette description parfaitement articulée et prononcée avec votre voix particulièrement britannique, que ce que je fais avec les Raptors est mauvais ?

Il croisa les bras et je n'avais pas besoin d'être un expert en langage corporel pour comprendre son attitude défensive et son manque de respect.

— Non, le rassurai-je rapidement. Ce que vous faites est parfaitement adapté. Je suis ici pour travailler à vos côtés, pas pour toucher à l'équipe ou à la façon de jouer, mais pour œuvrer sur la manière dont les gens perçoivent les Raptors et vous-même, particulièrement à la lumière de ce qu'il s'est passé avec l'un de vos joueurs.

— Hmm… dit-il, comme les gens le faisaient quand ils ne croyaient pas totalement à ce que vous disiez.

J'ajoutai donc ma réplique mortelle.

— Vous avez été appelé pour remettre cette équipe sur pied et vous avez utilisé la première règle. Vous avez affirmé clairement, dès le premier jour, que vous teniez les rênes, et vous avez imposé votre direction plutôt que d'attendre de la mériter. J'admire cela. Mon souhait est de vous aider à bâtir une culture du succès pour l'équipe tout entière, le staff, les médias et dans la façon dont les fans des Raptors interagissent.

Je ne pus m'empêcher de penser à Alex, à ce

moment-là, et au harcèlement qu'il subissait de la part des fans de son équipe. Ce problème devait être réglé en premier lieu et il fallait donc que j'établisse des buts à atteindre.

Le coach Rowen tendit le bras et nous nous serrâmes fermement la main à nouveau. Marché conclu.

C'est ainsi que tout a commencé.

TROIS

Alex

REVENIR SUR LA GLACE APRÈS UNE SEMAINE DE REPOS AVAIT été un choc pour mon organisme, mais pas dans le mauvais sens du terme. À la maison, j'avais été pourri gâté et dorloté, nourri comme un roi, couvé par ma mère, ma grand-mère et ma petite sœur, Elizabeth, qui était ravie de ne plus être le seul enfant dans la maison et que toute l'attention ne soit plus sur elle. Sa *quinceañera* était dans trois mois et elle ressentait grandement cette pression.

J'avais passé des heures à traîner avec mes potes de lycée, à jouer au basket, à aller au cinéma, à errer dans les rues de San Luis sur le siège de la Chevrolet Impala Super Sport de 1965 de mon cousin Elonso. Il était membre du Lowrider Motor Club de San Luis et son Impala violette attirait grandement l'attention. Manifestement, Elonso ne manquait jamais d'une femme sexy à son bras, le vendredi soir, quand le club se réunissait, et il avait été assez généreux pour s'assurer que j'aie également une accompagnatrice. J'avais fait de mon mieux pour m'intégrer, passant un bras autour de la taille de la jeune femme collée contre mon flanc et racontant des blagues grivoises pour leur assurer que j'étais aussi hétéro qu'un gay pouvait l'être. C'était nul, mais je le faisais parce que… eh bien, parce que j'avais trop peur de ne pas le faire.

Abandonner la stricte structure masculine d'un quartier latino fut agréable. J'avais passé un bon moment au milieu de mes cousins et de mes amis d'école, mais bien que nombre d'entre eux toléraient la communauté LGBT, ils étaient bien loin d'être des alliés. Ajoutez à cela les signaux confus envoyés par l'Église catholique, selon laquelle il n'était pas grave d'être gay ou lesbienne, mais si vous obéissiez à votre volonté, vous commettiez un péché – d'où le stress à l'idée d'être accepté. Quelques latinos faisaient leur coming-out dans leur monde anglophone, mais le cachaient à leur monde hispanique et à l'église. Je n'avais même pas encore trouvé le courage de faire mon coming-out dans mon monde anglais. Mais, et c'était conséquent, plus je passais du temps avec Ryker, plus je désirais vivre ma vie de façon ouverte et libre.

Le voir arriver d'un pas sautillant dans le vestiaire était comme si quelqu'un avait allumé un phare.

— Sans déconner, regardez la superstar. Tu as géré pendant le All-star, mec, lui dit Colorado en avançant à grands pas pour l'accueillir à la porte.

Ils se tapèrent dans le dos. Le sourire de Ryker fut contagieux et je le rejoignis, obtenant une brève étreinte.

— Mec, c'était fou. J'ai pu jouer avec tant de grands. Ils étaient si cool ! s'extasia Ryker alors que les membres de l'équipe continuaient à se rassembler autour de lui.

— Tu avais l'air bien, là-bas. Concentré. Tu avais le contrôle.

Colorado lui claqua une main sur l'épaule avant de s'en aller d'un pas flânant vers la salle de bain déserte où il chanta.

Oui, ce mec chantait avant chaque match. Il disait que ça l'aidait à se concentrer. Tant que cela fonctionnait pour lui… Nous étions habitués aux excentricités des gardiens. Certains avaient tendance à parler à leur cage, d'autres les caressaient ou rapportaient de l'eau du Canada à la patinoire pour asperger la glace bleue sous leurs patins, quelques-uns chuchotaient des prières aux Dieux nordiques. Notre gardien de but chantait des chansons de heavy métal à tue-tête dans les vestiaires des hommes. Et malheur à quiconque avait besoin de pisser, voire plus, et interrompait le concert. Le pauvre Henry avait commis cette erreur une unique fois et il avait été éjecté de la salle de bain par un gardien de but furieux agitant une crosse épaisse au-dessus de sa tête. Colorado était cool, évidemment, comme il était musicien dans un groupe de métal et qu'il était sympa en général, mais il avait mauvais caractère.

— Allez, viens t'asseoir et raconte-moi tout, dis-je en m'accrochant à mon colocataire et en l'attirant vers nos casiers.

— Oh mon Dieu, c'était génial. Je te raconterai quand on rentrera à la maison, d'accord ? Comment va

Henry ? demanda Ryker en haussant les épaules pour se débarrasser de sa veste de costume.

J'étais ici depuis un moment, j'avais fait une partie de football avec Brennan et Vlad. Le grand défenseur russe était devenu notre capitaine avant le début de la saison et remplissait bien son rôle. Il avait un côté décontracté, sur la glace, et son anglais était aussi fluide qu'une vodka glacée, avec un subtil accent russe. Deux mecs plus âgés avaient le statut de capitaine remplaçant. Ce n'était le cas d'aucun novice, mais c'était prévisible. Il fallait mériter cette nomination. L'un de mes objectifs était d'obtenir un A comme adjoint sur mon maillot dans les deux saisons à venir et peut-être, un jour, de prendre l'avion avec Ryker pour me rendre à un match All-Star. Bon sang, mes parents seraient si fiers…

— Il va bien, tu sais, quand on pense à ce qu'il s'est passé. Je crois qu'il est juste vraiment déprimé.

Je glissai mon pied dans ma chaussette et la remontai jusqu'à mon protège-tibia.

— Sa famille craint qu'il ne travaille pas assez dur, alors ils continuent de le pousser, mais je ne suis pas sûr que ce soit la bonne façon de s'y prendre. Tu crois qu'on devrait lui parler ? Pour voir s'il est déprimé ?

Ryker soupira en pendant sa veste.

— Comment peut-il ne *pas l'*être ? Entre cette torture mentale que lui a fait subir Aarni, puis l'accident… et maintenant, il ne sait pas s'il rejouera un jour…

— Il le fera. Il jouera à nouveau, dis-je en faisant un signe de croix.

— Je ne sais pas, mec. Les blessures aux yeux sont sérieuses. Un mec qui a joué avec mon père a pris un palet dans l'œil. Il a eu tout un tas de problèmes conséquents, comme un déchirement de la rétine. Il est revenu, bien sûr, après une éternité, mais sa vision n'a plus jamais été la même et son jeu en a souffert. Il a finalement pris sa retraite deux ans après la blessure.

— Merde, chuchotai-je.

— Oui, cette route-là n'est pas facile.

Ryker se laissa tomber à côté de moi sur le banc, sa chemise désormais pendue derrière lui avec sa veste.

— Je ne veux pas lui balancer de la poudre aux yeux, mais je ne veux pas non plus *ne pas* l'encourager. On devrait peut-être parler avec sa famille ?

— Oui, je l'ai fait, et ils avaient cet état d'esprit étrange selon lequel s'il travaillait suffisamment dur, il serait immédiatement de meilleure humeur. C'est digne du Midwest, tu vois ? Comme s'ils pensaient qu'il fallait avoir honte des maladies mentales. Je crois qu'on devrait parler à Henry, pour tâter le terrain et voir si on arrive à remarquer quelque chose.

— Oui, on peut le faire.

J'acquiesçai.

— C'est bon de savoir que tu es de retour. Penn est cool, mais il est genre… commençai-je en haussant les épaules tout en habillant ma seconde jambe. Il donne l'impression qu'il est totalement relax, mais on sait tous qu'il est aussi décontracté qu'un serpent à sonnettes. *Cierras los ojos y blam* !

Je claquai des mains. Ryker me lança un coup d'œil pour m'indiquer : *j'ai besoin de la traduction, s'il te plaît.*

— Tu fermes les yeux et *bam* !

— Oui, je suis d'accord pour le serpent. Ça le décrit assez bien. Je parie que l'un de ses tatouages est un immense serpent à sonnettes affreux, avec des crocs dévoilés dont goutte du venin.

— Il a effectivement un tatouage de serpent enroulé qui agite sa cascabelle, juste au-dessus des fesses, dis-je avant de glousser.

Ryker haussa un sourcil. Je compris alors ce que je venais de dire.

— Enfin, je n'ai pas reluqué ses fesses ni rien.

— Non, bien sûr que non.

Il sourit, me tapota la joue et se leva. Quelque chose dans cette réponse posa un poids étrange sur mes épaules, mais l'heure du match arrivait rapidement et je laissai donc couler.

Nous rejoignîmes la glace une heure plus tard afin d'affronter Edmonton. Ce serait le premier match d'une série pour laquelle nous partirions précipitamment au Canada, tôt dans la matinée du lendemain. Après ce match, nous ferions donc un bref road trip canadien avant de revenir à Tucson dans moins d'une semaine. Ryker était nerveux pour ce match, comme nous affrontions le gardien et renfort des Oilers, Benoit Morin, un mec avec qui il avait joué à l'université d'Owatonna.

Rien de particulier ne se produisit pendant les dix premières minutes du match. Ryker et moi étions bien coordonnés, mais nous avions un nouveau sur l'aile gauche. Le coach avait modifié les lignes pour s'adapter à la perte d'Aarni et de Henry. Un grand défenseur avait été rappelé de la ligue mineure pour remplacer Lankinen et nous avions récupéré Jens Hauger sur la quatrième ligne. Un nouveau mec des ligues mineures avait pris sa place. Le fait que les deux équipes soient rouillées et vaseuses après une semaine de pause ne nous aidait pas et la partie fut donc saccadée.

Ryker avait ajusté un faible tir en direction de Morin. Le gardien élancé l'avait dévié sans mal. Jens trouva son rythme quand il ne restait plus que cinq minutes dans ce tiers-temps. Nous nous étions retrouvés coincés dans la zone neutre et essayions d'en sortir quand Jens, un petit Norvégien au cœur de lion, récupéra un palet perdu. Ryker arriva en même temps que moi pour le soutenir et le petit ailier rapide se précipita sur Morin et lança un palet énergique au-dessus de l'épaule gauche du gardien. Le tir finit dans le filet.

Jens leva les mains quand la lumière rouge clignota et les fans bondirent. Ryker et moi arrivâmes en premier sur lui et les défenseurs firent un câlin groupé au coin de la patinoire. Maintenant que nous avions un but d'avance, les choses semblaient un peu moins fracturées. Lors de la pause, le coach nous motiva et nous fit remarquer que nous avions désormais légèrement craquelé l'armure de Morin.

Derrière lui se trouvaient les entraîneurs associés

ainsi qu'un homme bien habillé aux cheveux bruns et courts, et aux yeux marron clair. Il était élégamment négligé, ce qui était vraiment canon, et il griffonnait sur un carnet de notes en relevant parfois les yeux. Il était beau, comme un membre de l'élite, et attirait mon regard. Lorsque nos regards se croisèrent, je le sentis, là, entre mes pectoraux, où l'on percevrait les premières crampes avant une brûlure d'estomac. Seulement, cette sensation ne ressemblait en rien à la brûlure ressentie après avoir mangé trop de piments fourrés au fromage. Non, c'était différent. Cette sensation hérissait les petits cheveux sur ma nuque trempée, comme une prise de conscience. Je m'humidifiai les lèvres. Sa bouche se retroussa dans un léger sourire qui embrasa ma peau. Je détournai promptement le regard avant que quelqu'un me voie en train de mater l'homme en costume gris élégant.

— Montez le palet, encore et encore. Vous n'arriverez jamais à faire passer quoi que ce soit derrière ce gamin en tirant dans sa poitrine. Chaque point compte, maintenant. Ne laissez pas les conneries écrites en ligne vous monter à la tête. Les gens nous balanceront toujours des âneries. Certaines sont bien méritées, d'autres non. Le management travaille pour régler ce problème, donc quand vous verrez ce type rôder dans les parages, ne réfléchissez pas trop. Sebastian est ici pour nous aider à améliorer notre présence dans les médias et sur les réseaux sociaux. C'est la bonne terminologie ?

— Ça s'en rapproche suffisamment, répondit

Sebastian avant de le gratifier d'un large sourire qui éclaira son visage

Je n'aurais pas dû le remarquer, mais je ne pus m'en empêcher. Et son accent était super séduisant.

— Tweeter, ce n'est pas mon truc. Je viens d'une vieille époque où les gens étaient bouche bée devant un téléphone sans fil, plaisanta le coach.

L'équipe gloussa et je dévisageai le Britannique sexy et plus âgé que moi, incapable de détourner les yeux. Quelqu'un m'asséna alors une claque à l'arrière du crâne. Jens me donna un coup de coude dans les côtes et son sourire fut aussi large que ses yeux noisette écarquillés.

— Sebastian prendra probablement contact avec vous tous pour étudier ce qu'il a à étudier. Rendez-vous disponible pour lui, c'est une demande des propriétaires. Et soyez plus refermés dans les coins.

Sur ce dernier conseil, les hommes en costume partirent pour nous laisser, nous les joueurs puants et couverts de sueur, nous réhydrater et nous reposer dix minutes supplémentaires. J'envisageai de consulter mon portable pour voir si l'équipe avait fait une annonce officielle à propos de ce Sebastian négligemment sexy, mais les téléphones n'étaient pas autorisés pendant les matchs, sous peine de mort ou de portage de sacs de matériel. Je restai donc assis là, à avaler un substitut d'électrolytes saveur citron tout en écoutant Ryker et Jens discuter d'un voyage en Norvège cet été. Pendant ce temps-là, je rêvassais d'hommes britanniques plus âgés.

— Tu viendras, hein ? me demanda Ryker en m'éloignant du brouillard de désir dans lequel j'étais tombé.

— Oh, hmm, je ne sais pas. Je n'ai jamais voyagé en dehors du pays, sauf pour rendre visite à ma famille au Mexique. Peut-être ?

— Tu adorerais la Norvège ! C'est un beau pays tolérant et les femmes sont si belles, se vanta Jens. Oh, enfin, j'avais oublié. Ryker…

Il marqua une pause pour transcrire du norvégien en anglais.

— Tu es gay et tu as un petit copain. Amène-le ! Les Norvégiens sont super tolérants. Nous avons une grande maison en périphérie d'Oslo et ma mère adore la compagnie. Elle vous nourrira si bien que votre ventre explosera !

— Je suis bi, mais bien sûr, j'adorerais voyager avec Jacob cet été. Je lui en parlerai, sans aucun doute.

Ils me regardèrent tous les deux.

— Oui, merveilleux, de belles Norvégiennes.

J'espérais avoir l'air plus enthousiaste à leurs oreilles qu'aux miennes.

— J'adore les blondes avec de gros seins.

Cette annonce me permit d'obtenir les approbations de tout le monde, plus ou moins, dans le vestiaire des Raptors. Même Ryker ne pouvait me contredire. Je regardai mes patins pour le reste de la pause, me demandant comment mon colocataire avait un jour eu l'audace d'être aussi ouvert à propos de sa sexualité. Pour le dire à l'équipe, il avait dû avoir un sacré courage. Et personne n'avait rien dit de méchant, à ce moment-là. Levant les yeux, je balayai la pièce du regard, me demandant si un jour, peut-être, ils accepteraient un gay parmi eux comme ils avaient accepté un bisexuel.

Le temps passé à jouer au hockey chassa mes inquiétudes sur les politiques de vestiaire. Edmonton se réveilla lors du deuxième tiers-temps et revint à égalité, en faisant passer derrière Colorado un palet qu'il aurait dû attraper. Il le savait. Il piétina sa zone avec ses patins, furieux, et s'abaissa en position de papillon. Son regard devint affolé, derrière son masque, après ce but contre nous.

Nous finîmes par poursuivre en prolongation, avec une égalité de 1-1. Un but fut marqué par un rebond en volte-face contre la botte d'un joueur d'Edmonton qui roula entre les jambes de Morin. Le palet oscilla avant de tomber, épuisé, de l'autre côté de la ligne. Je savais ce que ressentait ce palet. Tout ce dont j'avais envie, c'était de rentrer chez moi et de m'écrouler, mais Ryker était déterminé à retrouver son pote Benoit dans un bar du coin du nom de Cactus Cramoisi. C'était le repaire des Raptors, à un pâté de maisons de la patinoire, et il était hors de question que Madsen accepte mes « non » geignards.

— C'est bon, doux Jésus, je vous retrouverai là-bas.

Je poussai malicieusement Ryker alors que Colorado attendait près de la porte avec son habituel costume assorti d'une chemise blanche et de sa cravate fine, noire et blanche, ornée de crânes.

— Ne te défile pas, Alex, me prévint Ryker avant de trottiner pour partir avec notre gardien.

J'étais resté en retrait dans l'espoir que… peu importait. Il était stupide de vouloir jeter un nouveau coup d'œil à ce Sebastian. Il était probablement marié et père de famille. Quand je glissai mon bras dans la veste de mon costume, mon portable sonna. Je bondis dessus, surpris de voir un appel de ma petite sœur, Elizabeth, ou Bitty comme nous l'appelions tous.

— Salut, ma petite Bitty, dis-je en retenant mon portable entre mon oreille et mon épaule alors que je passais un peigne dans mes cheveux mouillés. Tu t'es fait une entorse aux pouces ?

— Oh. Mon. Dieu. Alex, je jure que je vais annuler ma *quinceañera* s'ils n'arrêtent pas !

— *Respira profundo, hermanita*, la taquinai-je.

Je grimaçai quand mon peigne se coinça sur un nœud.

— Ne me dis pas de respirer profondément ! Alex, s'il te plaît, soit mon *chambelán de honor*. S'il te plaît. *Mamá et Abuela* me rendent folle avec les listes de garçons qu'elles imaginent convenables.

Je ricanai, replaçai une mèche rebelle à sa place et jetai mon peigne sur l'une des étagères à côté de mon après-rasage et d'un nouveau rasoir.

— Alors, choisis quelqu'un que tu aimes bien, dis-je en mettant ma cravate dans ma poche et en attrapant mon sac personnel. La liste des garçons pour qui tu as un coup de cœur est sûrement longue.

— Arrête tes conneries, tout de suite ! Tu sais qu'il

n'y a pas de liste. Et s'il y en avait une, comment pourrais-je avancer jusqu'à quelqu'un d'aussi mignon que Lorenzo Milano pour lui demander ?

J'ouvris la bouche pour répondre avant de la refermer. Qui étais-je pour lui prodiguer des conseils sur la manière de demander à un mec qu'elle appréciait d'être à son bras pour une journée si spéciale ? Je n'étais même pas assez courageux pour inviter un homme à boire un café. Je poussai les portes pour sortir et hochai la tête en direction du vigile flânant près de l'entrée des joueurs.

— Alex, tu es là ? demanda Elizabeth.

— Oui, je suis là. Écoute, Bitty, je sais à quel point notre famille peut être écrasante, parfois, mais essaie de ne pas les laisser diriger ta vie à ta place. Si tu veux inviter Lorenzo, demande-le-lui, mais ne laisse pas *Mamá*, *Abuela* ou *Tia* Luisa, Sofia, Magdalena ou toute autre femme te harceler.

— Ouuuuui, je le sais, ça, Alejandro ! Dis-moi *comment* demander à Lorenzo.

Je n'avais aucune réponse à fournir à ma petite sœur. Pas de réponse sincère, en tout cas. Je marquai une pause devant la porte, mon regard tombant sur Sebastian qui arrivait dans ma direction en trottinant, un sourire aux lèvres et les cheveux balayés par le vent chaud du désert.

— Alejandro, oh mon *Dieu*, pourquoi es-tu si bête, ce soir ?

Elle me lança ensuite plusieurs insultes en espagnol avant de raccrocher une fois qu'elle m'eut informé qu'elle appelait Luisa, car les grandes sœurs étaient bien plus intelligentes que les grands frères.

Sans rien d'autre à faire que de parler à Sebastian, je glissai mon portable dans ma poche et partis à sa rencontre, la tête haute.

— Je ne vous ai pas interrompu au mauvais moment, n'est-ce pas ? demanda-t-il.

Je secouai la tête.

— Bien, j'espérais que nous pourrions discuter un peu, si vous êtes libre.

— Je comptais retrouver les mecs pour boire une bière, mais euh…

J'agitai la main en direction du ciel, car j'étais stupide – demandez à ma petite sœur – et que le ciel était évidemment là où les joueurs de hockey se rendaient pour boire une bière.

— Alors, c'est un non ?

Mon Dieu, il était sexy, étranger et barbu. Enfin, ce n'était pas vraiment une barbe, mais il y avait tout juste la bonne dose de poils pour griffer mon ventre, l'intérieur de mes cuisses ou caresser mes testicules. Merde.

— Non, ce n'est pas un non.

Santa María, Madre de Dios, ayúdame.

Était-il sacrilège de demander à la Vierge Marie de vous aider à effacer d'obscènes pensées homosexuelles sur un homme que vous connaissiez à peine ? Probablement. J'irais sans aucun doute en enfer…

QUATRE

Seb

APRÈS AVOIR FINI CETTE DERNIÈRE PAGE DE NOTES, J'AVAIS erré dans les couloirs déserts, puis j'étais passé devant un vigile surpris qui m'avait observé d'un air suspicieux jusqu'à ce que je lui montre mon pass. Je lus son badge et vis qu'il s'appelait Lewis.

— Oh, oui, je suis au courant pour vous, me dit-il.

Je tendis la main.

— Seb.

— Vous êtes le Britannique qui vient arranger l'équipe. Bien qu'elle n'ait pas besoin d'être arrangée.

Eh bien, cette déclaration était lourde de sens.

— Très bien.

Lewis tira ses épaules en arrière et releva le menton.

— J'ignore pourquoi ils ne pouvaient pas engager de véritables Américains.

Sérieusement ? Il se lançait sur *ce* terrain ? J'avais travaillé avec certaines des plus grandes entreprises du monde, la plupart en dehors de Londres, et il s'inquiétait du fait que je n'étais pas américain ?

— Si ça peut vous aider, mon arrière-grand-mère du côté paternel était originaire de New York.

Je savais très bien mentir, étant donné que Mémé J était de Liverpool et était encore parmi nous à cent deux ans. À ma connaissance, elle n'avait jamais quitté l'Angleterre. Elle était défraîchie et croyait qu'une journée à la plage sous la pluie était une aventure exotique. De plus, elle se méfiait autant des Américains que Lewis des Britanniques. Ils feraient la paire s'ils se bagarraient dans le couloir, bien que, connaissant Mémé J, elle anéantirait probablement ce mastodonte tatoué qui bloquait la sortie.

Il me regarda de près.

— New York, vous dites ?

— Oui. Ça fait donc de moi un Américain à titre honorifique, vous n'êtes pas d'accord ?

Il parut confus, un moment, puis quelque chose en lui sembla faire sens.

— Bien sûr. J'imagine.

Il renifla et croisa ses bras musclés.

— On ne veut pas que des étrangers volent nos emplois. On n'arrive même pas à réunir une équipe blanche américaine décente, ici. Je ne parle pas des Canadiens. Enfin, j'imagine que la plupart ne sont pas trop mal.

Waouh, il était sur la défensive au point de devenir hostile. Était-ce la première chose que les joueurs voyaient quand ils entraient dans la patinoire ? Je notai dans un coin de ma tête de me pencher un peu plus là-dessus. Les valeurs devant être éliminées étaient peut-être plus enracinées que je ne l'avais cru.

— Y a-t-il beaucoup d'*étrangers* qui prennent vos boulots en Arizona ? demandai-je.

Je souris tant que je crus que mon visage allait se fendre. Je pouvais jouer à ce jeu, agir comme si ça n'était qu'une plaisanterie et glaner toutes les informations possibles. Je pouvais remercier Hugh Grant d'avoir fait passer les Britanniques pour des empotés. Nous paraissions donc complètement innocents de tout méfait ou tactique sournoise.

— Constamment, répondit Lewis en secouant la tête. J'ai eu de la chance d'obtenir ce boulot, déjà.

— C'est terrible, confirmai-je.

Lewis me regarda d'un air méfiant, me faisant croire que mon masque sarcastique avait été exagéré.

Bientôt, toute l'équipe, y compris la sécurité, les membres de l'administration et n'importe qui d'autre apparaissant sur mon plan d'entreprise me connaîtrait. Quand je creusais profondément dans n'importe quelle société, j'apprenais tout depuis le début. J'irais parler aux hommes d'entretien, au personnel de la sécurité, aux personnes importantes, au management, aux employés effrayés qui n'avaient pas vraiment envie de discuter et à ceux qui se foutaient de cette boîte. Je dénicherais toutes les informations jusqu'à obtenir une image claire de la façon dont les choses fonctionnaient. Et que je sois Américain ou non, j'étais sacrément doué dans ce que je faisais.

Mais pour l'instant, j'allais me présenter à toutes les personnes se demandant pourquoi un étranger fourrait son nez dans toutes les pièces qu'il trouvait et je commencerais à répandre mon nom.

— Ravi de vous avoir rencontré, Lewis. Vous travaillez ici depuis longtemps ?

Il regarda autour de lui, comme s'il craignait que quelqu'un nous regarde. Cette réaction me permit de voir au-delà du simple vigile devant une sortie. Il était méfiant et fronçait les sourcils. Des millions de pensées tourbillonnaient probablement dans sa tête et il devait penser que ce qu'il avait dit lui retomberait dessus. Tout cela après une simple question pour savoir depuis combien de temps il travaillait là.

— Six ans, à Noël, me répondit-il.

Clairement, je n'en obtiendrais pas plus.

— Vous avez dû voir beaucoup de choses.

Je remarquai l'instant où il se renferma sur lui-même. J'avais été catégorisé comme dangereux pour son bien-être et je voyais bien qu'il était loyal, ce qui était positif. Il était aussi effrayé, ce qui était négatif. On m'avait laissé croire que la famille Westman-Reid avait pris le temps de commencer à bâtir des relations, mais visiblement, ça ne s'était pas encore appliqué jusqu'aux membres de la sécurité. Je notai mentalement de suivre cette affaire.

— Bref, j'étais ravi de vous rencontrer. J'espère qu'on se reparlera bientôt.

Je lui serrai une nouvelle fois la main et quittai le

bâtiment, toute sorte de théories commençant à se former dans ma tête à propos des Raptors.

Puis je *le* vis.

Remarquant Alex qui se tenait là, tout seul, et parlait au téléphone, je remerciai les étoiles, car j'avais retardé mon départ de la patinoire et avais ensuite été retenu par ma discussion avec Lewis. Je ne comptais pas lui demander si nous pouvions discuter. Bon sang, j'ignore ce que j'avais voulu dire. Mon cerveau reptilien avait sans doute simplement voulu se tenir auprès de lui pour le dévisager. Mon côté sensé voyait peut-être ce moment comme celui où il pouvait se lier au jeune joueur, seul à seul ? Qui pouvait bien le savoir ?

Tout ce qui me préoccupait, pour l'instant, c'était de passer du temps en face à face avec le joueur. J'attendis qu'il me sorte une excuse, mais il accepta enfin de venir avec moi.

— Pouvons-nous trouver un endroit tranquille où discuter ? demandai-je quand il eut pointé son doigt vers le ciel et expliqué qu'il retrouvait ses coéquipiers pour boire un verre.

Il était troublé. Ses yeux étaient écarquillés. Pour moi, il était évident que je l'avais perturbé. Était-ce une bonne chose ? Je ne souhaitais sans doute pas qu'il ressemble à ce point à un lapin effrayé. Il fallait qu'il soit de mon côté si je voulais faire de lui le nouveau visage des Raptors.

— Tranquille, répéta-t-il avant d'agiter la main vers la gauche. Il y a un café où je vais parfois.

— Ça m'a l'air très bien.

Je le regardai alors qu'il se retournait pour partir, puis immédiatement, il pivota à nouveau vers moi.

— Laissez-moi juste…

Il remonta son sac sur son épaule et me fit un signe. Il aimait visiblement s'exprimer avec ses mains. J'étais intrigué. Je le suivis jusqu'à une Jeep poussiéreuse. Quand il l'eut fermée et eut rangé ses clés dans sa poche, nous recommençâmes à marcher. Alors que nous attendions de traverser le passage piéton, il commença à parler.

— Je parie qu'il est étrange pour vous d'aller dans un café, me dit-il.

— Comment ça, étrange ?

— Eh bien, par ici, nous avons des boutiques qui vendent uniquement du café. On s'y assied sur des canapés. Ça doit être bizarre pour vous.

Je m'éclaircis la gorge.

— On a aussi des cafés en Angleterre.

Il écarquilla une nouvelle fois les yeux et sembla à la fois confus et embarrassé.

— Oh.

Il n'arriva pas à en dire plus.

— Et l'électricité, ajoutai-je, car je ne pouvais résister à sa façon de réagir.

Il était trop troublé et trop mignon pour que je l'ignore. La situation pouvait basculer de deux manières : soit il deviendrait embarrassé au point que ce rendez-vous ne servirait à rien, soit il reprendrait le contrôle de lui-même et réagirait avec humour.

Il me jeta un coup d'œil en biais avant de me

gratifier d'un sourire laissant apparaître des fossettes qui firent immédiatement monter ma libido et me coupèrent le souffle.

— L'électricité ?

Il écarquilla délibérément les yeux et décrivit un rond avec ses lèvres pour marquer sa surprise.

— Pour de vrai ? insista-t-il en clignant des yeux.

Ma libido, qui s'était mise à tourbillonner devant ses fossettes, commença à être plus attentive.

— Et des toilettes *dans* les maisons, ajoutai-je en lui souriant.

Son rire se refléta dans son regard et je sus que je l'avais conquis.

— Et que me direz-vous ensuite, que vous ne connaissez pas tous personnellement la Reine ?

Je haussai les épaules.

— Non, nous la connaissons tous.

Notre conversation fut interrompue quand son nom fut appelé. Nous récupérâmes nos boissons au bout du comptoir. Nous étions presque arrivés à une table quand Alex fut interpellé par une famille de quatre personnes.

— Nous sommes de grands fans, dit le père en serrant la main d'Alex si fort que je me demandai si ce dernier n'allait pas se débarrasser de lui.

Il n'en fit rien. Il resta planté là, écouta le père suivi par des enfants tout aussi fous de hockey, et ils commencèrent à discuter de statistiques et de records. Je laissai la scène se dérouler et observai Alex s'intéresser à ces admirateurs. Rien, sur son visage, ne montrait de façon flagrante qu'il était nerveux. Je ne voyais pas un soupçon de prudence. Il se donnait entièrement, parlait de ses plans, de Ryker, de la coupe Stanley et de la saison. Il soupira quand le père témoigna sa sympathie quant au fait que Lankinen était un salopard.

Bien sûr, la mère perdit son calme quand le père employa le mot salopard et lui rétorqua que les enfants écoutaient. Alex n'eut donc pas besoin de répondre, ce qui était heureux. Il signa plutôt un menu et un ticket de caisse, puis il s'accroupit devant la fille et le garçon qui n'avaient pas plus de dix ans et qui étaient suspendus à chacun de ses mots. Alex était abordable. Je sus instinctivement que j'avais choisi la bonne personne pour mettre mon plan à exécution. Tout ce que je devais faire, maintenant, c'était le convaincre de participer à ces plans-là.

Il choisit une table au fond, dans un recoin, probablement pour nous accorder un peu de temps afin que nous discutions sans qu'il soit reconnu, mais je choisis de penser qu'il me voulait pour lui tout seul. Car je suis ce genre d'idiot.

— Ça ne vous dérange pas quand les gens vous parlent ainsi ?

Il sirota sa boisson et me sourit au-dessus de sa tasse.

— C'est curieux, mais c'est le boulot. C'est l'un des aspects les plus sympas, en fait, au même niveau que jouer pour une équipe de la NHL. Enfin, je n'ai jamais rêvé d'être reconnu dans la rue, pas autant que j'ai rêvé de jouer pour les grandes ligues. Personne n'a envie d'être remarqué, j'imagine.

Il arrêta de parler et son sourire avait disparu, envolé, alors qu'il répétait ce qu'il avait dit avec plus de retenue. J'avais le sentiment qu'il réfléchissait à chacun de ses mots. Nous allions devoir travailler là-dessus s'il devenait ambassadeur de l'équipe, mais à un niveau personnel, je trouvais cela très mignon. Et torride.

— Que pensez-vous d'Aarni Lankinen ? demandai-je en me rasseyant au fond de ma chaise et en serrant mon café entre mes mains.

Je poserais la même question à tout le monde, pour découvrir quels joueurs étaient encore coincés dans le passé.

— Henry est l'un de mes meilleurs amis.

Alejandro posa sa boisson sur la table et se pencha en avant. L'émotion était crue, sur son visage, et je voyais également la même détermination que j'avais remarquée dans une vidéo de lui sur la glace.

— Il est à l'hôpital avec une blessure à la tête et l'homme qui a failli le tuer va en prison. J'en suis ravi.

Mon talent, qui me permettait de lire clair dans les émotions des autres, me fut inutile, car la colère et le ton qu'il avait employé sous-entendaient qu'il ne discuterait pas de la situation.

— Est-ce ce que vous auriez dit à ce père de famille s'il n'avait pas été interrompu ?

La question resta en suspens un instant, puis il laissa échapper un soupir bruyant.

— Non. J'aurais moi-même changé de sujet, car mon

opinion n'a pas besoin d'être exposée au monde entier. Je dois déjà gérer suffisamment de choses, d'ordinaire, je ne vais pas en plus m'engager moi-même sur une discussion dans laquelle on se demanderait si Aarni était bon ou mauvais pour l'équipe. Je veux juste jouer au hockey et que mon ami Henry revienne sur la glace. Je déteste Aarni pour ce qu'il a fait. Le premier sujet ? Le hockey ? C'est dans le domaine public. Le reste, ça ne concerne que moi. Mon moi privé. Mais parfois, quand ça devient trop compliqué, mon Dieu, j'ai envie de crier.

Cette réponse était à double tranchant. J'appréciais ce qu'il avait dit, qu'il aurait changé de sujet et se serait retenu, mais j'aimais aussi la passion dans son regard pour ce qu'il considérait comme une véritable charge émotionnelle à l'idée de montrer de la retenue.

Aurais-je raison si je lui demandais de rester en retrait ?

Pourquoi m'inquiétais-je à ce sujet ? Il faut que je fasse ce qu'il y a de mieux pour l'équipe.

— Je voulais vous parler, car je suis venu travailler ici sur la perception négative du public pour les Raptors.

Il laissa échapper un rire peu amusé.

— Et du reste de la ligue.

— Oui, eux aussi.

Je me penchai en avant pour imiter sa position et ignorai mon café. Il était temps de tenter la première approche avec quelqu'un qui serait probablement réticent face à toutes mes idées consistant à faire de lui le visage des Raptors.

— Les recettes baissent, vous le savez, et la haine en ligne n'a fait que s'accentuer avec la situation d'Aarni.

Alex grimaça après mon utilisation du prénom de Lankinen.

— Nous aimerions effectuer une approche en nous concentrant sur le sang neuf de l'équipe, afin d'évoquer un avenir positif.

— Vous voulez parler de Ryker, me répondit-il en souriant. C'est un joueur merveilleux et son profil l'avantage.

Je décidai que l'honnêteté était la meilleure politique et j'espérai qu'Alex ne penserait pas qu'il passait en deuxième.

— Ryker semblait être un bon choix, à première vue, mais il est ouvertement bisexuel et ça ne conviendra pas à la démographie ciblée si nous faisons de lui le visage de l'équipe.

Alex blêmit. Il devint si pâle que je crus qu'il allait s'évanouir. Il dissimula ensuite ce qui devait être de l'incrédulité en récupérant sa boisson pour se cacher. Il était au courant pour Ryker, n'est-ce pas ? Tout le monde le savait. Ce n'était pas un secret, et le père de Ryker avait épousé un autre joueur de hockey, c'était donc de nature publique. Pourquoi Alex paraissait-il donc si choqué ? Le désapprouvait-il ? Était-il écœuré ? Qu'il se considère comme le deuxième devint ainsi le cadet de mes soucis.

— Qu'y a-t-il ? demandai-je.

Il ferma brièvement les yeux.

— Quoi ? Ce qu'il y a, c'est que Ryker ne convient

pas aux limites que vous avez fixées et qu'il est donc rejeté comme s'il ne valait rien.

— Non, attendez…

— *Pinche pendejo*. C'est notre meilleur joueur et, sans lui, les Raptors n'ont aucune chance de gagner quoi que ce soit.

— Ce n'est pas totalement vrai. Ils vous ont, *vous*…

— Moi ? Je suis le gamin qui joue au hockey alors qu'il vient du mauvais côté du monde ! Chaque fois que je monte sur la glace, j'entends des insultes racistes, dit-il à travers ses dents serrées.

— On pourrait s'en occuper…

— Vous n'imaginez même pas les mots qu'on a pu me balancer et vous imaginez encore moins qu'on puisse les balancer à un joueur. Et ça ne vient pas seulement des fans, mais aussi d'autres équipes. Enfin, des agitateurs qui veulent que je foire.

Il ne me laissait pas parler. Il poussa sa boisson d'un côté avant de se rapprocher encore davantage de moi.

— Ma peau est plus sombre, je parle deux langues, ma famille est tout pour moi et mon héritage se trouve de l'autre côté de la frontière, mais ça ne définit pas mes aptitudes à jouer au hockey, même si certaines personnes pensent que ça devrait être le cas.

Il se leva si rapidement que sa chaise heurta le mur derrière lui, mais il ne criait pas. À vrai dire, son ton était plutôt glacial.

— Vous savez et *je* sais aussi que Ryker est le meilleur de l'équipe. Les personnes qu'il aime n'ont aucun rapport avec ses capacités. Alors vous pouvez prendre toutes vos conneries homophobes et vous les enfoncer là où le soleil ne brille pas.

Il s'éloigna de la table et, l'espace de quelques instants, je restai choqué, immobile. J'encaissai ce que j'avais dit, ce qu'il avait dit et, plus important encore, ce qu'il pensait. Je me hâtai ensuite de le poursuivre, sautant par-dessus une chaise et atteignant la porte lorsqu'il me la claqua au visage. Je l'ouvris brusquement et trottinai pour le rattraper, mais il avait un élan rare et sa foulée était plus longue que la mienne. Quelques secondes avant que nous atteignions le bar vers lequel il se dirigeait, je réussis à passer devant lui et levai une main devant son torse afin de l'arrêter.

Son regard devint meurtrier et sa colère était si intense que la couleur était revenue sur son visage, rendant ses joues écarlates.

— Écartez-Vous. De. Mon. Chemin.

Il cracha chaque mot et tenta de passer à côté de moi, mais si j'avais bien appris une chose dans la vie, c'était comment devenir le meilleur obstacle possible. Dans un mouvement fluide, je le guidai en arrière vers un petit espace entre le bar et le restaurant voisin spécialisé dans le poulet.

— Laissez-moi vous expliquer, commençai-je.

— Rien de ce que vous pourriez dire…

— Si, j'ai besoin de…

Il me poussa.

Il était plus gros, plus grand, plus fort que moi et je

titubai en arrière contre le mur opposé. Son humeur passa de la colère à l'horreur.

— Merde, jura-t-il.

Immédiatement, la colère réapparut en lui.

— J'entre, marmonna-t-il en faisant un unique pas pour s'éloigner de moi.

— Je suis gay, annonçai-je.

Il se tourna vers moi d'un air accusateur et me dévisagea.

— Et ?

— Je suis la dernière personne qui pourrait le juger. Alex, écoutez-moi, vous voulez bien ?

Je me plantais terriblement, mais il y avait quelque chose chez cet homme que je ne saisissais pas. Il ne s'agissait pas seulement de défendre Ryker ou de prendre position sur une question d'égalité. Ce n'était pas non plus une réaction face aux insultes racistes qu'il avait subies. Une peur bien plus profonde, infusée de colère, était emmêlée en lui.

Brusquement, je compris.

CINQ

Alex

Il m'attrapa le bras, ses doigts s'enfonçant dans mon biceps avec autorité. Je marquai une pause et plaçai une main sur la poignée du Cactus Cramoisi. La porte s'entrouvrit. Le *boum-boum-boum* d'une chanson populaire d'Ariana Grande résonna dans la rue.

Je jetai un regard noir au Britannique par-dessus mon épaule.

— Ce n'est rien, me dit-il.

Ses mots se glissèrent autour des paroles de la chanson, des cris des clients survoltés et d'un nuage de fumée de vapoteuse au parfum de pomme qui sortait de la discothèque

— Ton secret est en sécurité avec moi.

L'intérieur de mon crâne devint subitement comme le quartier général du vaisseau Enterprise en alerte rouge. Des lumières vermeilles clignotaient, des sirènes agaçantes retentissaient depuis toutes les stations de communication, et un capitaine criait :

« *Levez les boucliers ! Tous les soldats à leur poste de combat ! Chargez les torpilles à photons et préparez-vous à tirer dès que j'en donne l'ordre !* »

— Mais de quoi parlez-vous ? rétorquai-je.

La première torpille heurta directement son nœud papillon alors que je claquais la porte et pivotais pour lui faire face. Il n'était pas en colère ni intimidé par le Latino grand, fort et furieux qui s'insérait dans son espace personnel.

— Je n'ai aucun secret. Je suis un putain de livre ouvert.

— Bien sûr que si.

Il passa furtivement derrière moi, ouvrit la porte et entra. Je me retrouvai donc à fixer du regard son dos mince, jusqu'à ce qu'il soit avalé par la foule. Je jetai un coup d'œil vers la rue, puis vers le ciel, mes yeux se rivant sur les millions de petits papillons de nuit se battant à mort dans la lumière du lampadaire.

— Qu'il aille se faire foutre. Qu'il aille se faire *foutre*. Il ne sait rien, marmonnai-je aux insectes effectuant la danse de la mort au-dessus de ma tête.

Et s'il savait ? Et si son gaydar s'était déclenché ?

Son gaydar. Comme c'est stupide. Comme si cela existait. Je n'avais jamais ressenti une quelconque vibration de la part d'un autre homme. Jamais. Pas même ceux qui, je le savais, étaient intéressés par les hommes comme Ryker, Tennant Rowe-Madsen ou même ce Sebastian. Tout de même, si le gaydar existait et que Sebastian l'avait, je devais tuer dans l'œuf toute question potentielle. Merde. Je détestais ça. Enfin, détester ça ne m'empêchait pas d'agir en conséquence. Je me mis dans la peau d'un homme Latino hétéro, affichai le sourire que les femmes appréciaient et rejoignis la fête d'un pas flânant. Et comme ces pauvres papillons de nuit dehors, les femmes s'amassèrent autour de moi. Certaines que je connaissais, beaucoup qui m'étaient inconnues. Le mélange d'alcool, de musique forte et d'athlètes professionnels était mortel. Lorsque j'atteignis la table où Ryker était assis avec Colorado, Vlad et Jens, j'avais perdu ma veste de costume, mais j'avais gagné une blonde.

— Au seul homme que je connais qui peut avoir une femme à son bras avant même de s'asseoir, lança Ryker en ricanant et en levant sa bouteille de bière en guise de salut.

Les autres l'imitèrent et la blonde étourdie à mon bras rougit en caressant mon torse d'une main. Je levai la bière fraîche que Vlad me passa, bus une gorgée, puis guidai mademoiselle Bien Gaulée vers la petite piste de danse avec une main dans le creux de ses reins et l'autre tenant ma bouteille. En me retournant, je parcourus rapidement la pièce du regard. Sebastian était assis au bar et me dévisageait d'un air indéchiffrable. Que ce Britannique énigmatique et ses stupides secrets aillent se faire foutre.

Je me penchai pour chuchoter à l'oreille de ma partenaire de danse, mon regard rivé sur celui de Sebastian.

— Tu es la plus jolie femme dans ce bar, lui dis-je en

glissant un bras autour de sa taille, afin d'accompagner son corps pulpeux contre le mien.

Sebastian sirotait sa boisson dans un verre droit avec quelques glaçons.

— Tu viens ici tout le temps ?

— Non, c'est la première fois ! Oh mon Dieu, vous, les joueurs de hockey, vous êtes trop sexy.

Elle tomba contre moi, sa poitrine généreuse collée contre mon torse, ses lèvres rouges parcourant ma mâchoire et ses ongles longs glissant dans mes cheveux.

— Je parie que tu as une grande crosse.

Je ricanai, lui tapotai les fesses, puis la retournai pour que son dos soit collé contre mon torse. Elle s'écria joyeusement lorsque je sortis mon portable et le tins au-dessus de nos têtes, l'inclinant parfaitement afin de prendre un selfie. Ses lèvres se plissèrent automatiquement, ce qui me donna envie de hurler, mais je souris plus largement, m'assurant que mes fossettes soient dévoilées. Je pris alors quelques clichés. Puis, comme j'étais un gentleman, je la laissai choisir le meilleur.

— Celle-ci, Alex, celle-ci ! On peut voir comme mes seins sont beaux ce soir.

Avant que la voix de ma mère ou celle du Père Delgadillo puisse résonner dans ma tête, je me hâtai de publier la photo sur ma page Instagram. J'ajoutai une petite description.

Ricky Martin n'est pas le seul ! #Latino #joueur #Raptors #livinlavidaloca #leshockeyeurssaventdanser #cactuscramoisi #dansedansedanse

Le nouveau tube de CamelPhat résonna alors. Je gardai la jeune femme sur la piste de danse lors de deux chansons, puis je la raccompagnai jusqu'à la table avant de l'aider à s'asseoir. Ce n'était pas chose aisée, comme elle était à un verre de dégobiller par terre. Observant le bar bondé, je trouvai la chaise où Sebastian avait été assis précédemment. Un grand homme y était désormais installé. Tandis que ma partenaire de danse commençait à faire de la lèche à Vlad, je m'éclipsai, hochant la tête en direction de ma montre tout en regardant mes coéquipiers. Je m'éloignai ensuite de la table.

— Mec, attends ! cria Ryker d'une voix plus forte que le tube de Dog Blood.

— Hmm, qu'est-ce que je suis censé faire de ça ? s'enquit Vlad en donnant un coup de menton en direction de la blonde à présent endormie sur ses cuisses.

— Mets-la dans un taxi, criai-je alors que des lumières bleues et vertes éclairaient la foule transpirante.

Je jetai un billet de vingt dollars sur la table, claquai une main sur l'épaule de notre capitaine, adressai un signe à Jens et partis en ligne droite vers la porte. Ryker m'emboîta le pas et dansa au rythme de la musique jusqu'à ce que nous soyons sortis. Il continua même à secouer son boule une fois dehors. Ce mec savait danser, je devais bien le lui accorder. Nous clignâmes tous les deux des yeux en voyant Colorado revenir d'une allée étroite, un sourire narquois et grossier sur son beau visage de rock star. Un mec et une jeune femme titubaient sous l'éclat des lampadaires, sur les talons de notre gardien. Ils remettaient tous les deux leurs vêtements en place et rougirent follement quand ils nous surprirent en train de les regarder.

— Ça doit être à cause des tatouages, commenta Ryker alors que Colorado nous faisait un clin d'œil avant de retourner à l'intérieur pour faire… ce qu'il faisait la nuit : boire et se taper de nombreuses personnes de tout genre.

Merveilleux. J'avais encore ma carte de puceau, ainsi qu'un préservatif que mon frère aîné m'avait donné avant que je parte pour la fac. La vie était si injuste.

— Tout le monde aime les rock stars, dis-je avant de soupirer.

Je me sentais sale et poisseux, comme un papier tue-mouche dans un bordel miteux. Le parfum de la demoiselle bien gaulée s'accrochait à ma peau. Il était musqué. Il fallait que je prenne une douche.

Nous retournâmes à la patinoire, Ryker jacassant à propos d'un nouveau jeu de tir avec un point de vue à la troisième personne auquel nous devions tous jouer, selon lui. Son nez était baissé vers son portable et je pouvais donc abandonner quelque peu le rôle d'Alejandro le Geek.

— … s'appelle Mecha Metal Corps Elite. Regarde le design.

Il agita son portable sous mon nez alors que nous attendions que le feu passe au vert au coin de la rue.

— Super.

Comment ce Sebastian avait-il su que j'étais gay ? Était-ce même ce qu'il avait voulu dire ? Des secrets. Quels secrets ?

— On pourrait former une équipe et jouer contre d'autres joueurs. Jouer aux jeux vidéo ensemble, c'est une vraie expérience de cohésion d'équipe. Les Railers jouent à *Pokémon Go* et ça les a vraiment aidés à s'unir en tant qu'équipe.

— Nous ne sommes pas les Railers, Ry.

Avais-je l'air gay ? Agissais-je comme un gay ? Sentais-je comme un gay ?

— Évidemment, je le sais, mais nous le serons, un jour. Et la première étape pour construire ce genre de dynamique familiale, c'est de travailler sur la cohésion d'équipe. Comme ça !

Une fois encore, le portable fut placé sous mon nez.

— Il existe une application mobile, donc on peut y jouer quand on est en déplacement et le jeu existe aussi sur ordinateur ou ton système préféré. On pourrait encourager quelques mecs à s'inscrire. On peut avoir vingt personnes dans un bataillon. Ensuite, tu sors par groupe de quatre pour défoncer les autres joueurs.

— Tu sais que ces jeux vidéo violents sont la cause de toutes les tueries de masse dans notre merveilleux pays, n'est-ce pas ?

Il me fusilla d'un regard froid.

— Ouais, non. Je ne crois pas.

Nous traversâmes la rue, les baies vitrées réfléchissantes de la patinoire Santa Catalina apparaissant dans notre champ de vision.

— Alors, tu es partant ? On pourrait demander à Henry de s'inscrire aussi. Comme ça, il pourrait jouer avec l'équipe quand on sera sur la route. Il se sentira plus connecté avec tout le monde.

Il avait attiré mon attention avec le nom de Henry. J'adorais les jeux vidéo, sincèrement, mais je n'avais jamais été fan de ces jeux multijoueurs. Je préférais jouer seul, pour me détendre.

— Alors ?

Je le regardai. Les boucles pendaient devant ses yeux impatients. S'il n'avait pas été en couple et que je vivais ailleurs qu'au fin fond du placard, je lui aurais carrément demandé de sortir avec moi. Mais il était pris et je n'avais pas fait mon coming-out, nous nous contentions donc d'une amitié qui était probablement la meilleure option. La romance était pour les autres, pour ceux qui avaient dévoilé la vérité, qui pouvaient vivre leur amour et leur sexualité ouvertement.

— Bien sûr, oui.

Il leva brusquement un poing dans l'air sec, avant de me frapper aussi fort que possible dans un geste amical comme pour signifier « tu gères ». Ce fut tout de même douloureux.

— Génial ! Bon, quand on rentre à la maison, tu télécharges l'application et on t'installera tout. J'ai déjà mon costume. Regarde cette dinguerie ! J'ai choisi l'argent, comme couleur principale, et puis j'ai ajouté des touches ici et là sur le panneau de contrôle.

Nous nous arrêtâmes près de ma Jeep. Oui, le costume était cool. Argenté. Avec des armes gigantesques. Je vis ensuite le petit drapeau des bisexuels sur le panneau de commande abritant les liens pour établir les communications avec son costume de guerre mécanique. Mon regard se porta sur Ryker, qui jetait son sac à l'arrière de ma voiture.

— Tu as mis le drapeau bi sur ton costume ? lui demandai-je en cherchant un quelconque signe d'inquiétude ou de malaise sur son visage.

Il n'y en avait aucun.

— Bien sûr, oui, pourquoi pas ? Ça fait partie de qui je suis et ça informe les autres joueurs LGBT que je suis l'un d'eux. Quand tu créeras ton costume, tu pourras le personnaliser aussi.

— Qu'est-ce que tu dis ? Que je devrais mettre un drapeau arc-en-ciel sur le mien ?

Il ne tressaillit nullement face à mon emportement.

— Mec, tu peux mettre ce que tu veux, dessus, je m'en fiche. Porte le drapeau bi, trans ou arc-en-ciel. Opte pour le drapeau des non-binaires, des pans, des omni – d'ailleurs, je pense que Penn l'est carrément, car il a dit une fois qu'il se taperait un extraterrestre, tant qu'il n'avait pas de tentacules, parce qu'il déteste ça. Porte les couleurs des asexuels sur ton casque. Peu importe la bannière que tu préfères, porte-la et ça me conviendra. Et si tu es hétéro, je suis cool aussi avec cette idée. Sois simplement toi-même, d'accord ? Sois *véritablement* toi.

Je jetai un coup d'œil aux parois réfléchissantes de notre patinoire.

— Ouais, je ne peux pas faire ça, chuchotai-je, tandis que Ryker commençait une fois encore à papoter sur cette nouvelle idée de jeu en équipe.

— … demain, tu en parles à Vlad pour créer le bataillon et je montrai sur le ring pour voir si j'arrive à mettre le coach K.O.

Je lui lançai alors un regard impassible.

— Tu as compris la métaphore ?

— *Burro*.

— Je connais ce mot-là ! Il veut dire âne. Hé !

— Monte. Je veux rentrer à la maison et dormir un peu.

LE SOMMEIL MIT du temps à venir. Il me taquina, me tenta et dansa hors de ma portée toute la nuit à cause des questions préoccupantes sur Sebastian et sa connaissance de mon « secret ». Plus la nuit se poursuivait, plus je devenais anxieux. Lorsque la matinée rosit le ciel, j'étais plus crispé qu'un singe dans une *piñata*, pour citer mon cousin Héctor.

Nous étions rentrés à la maison, mais même à Tucson, Ryker sautait encore dans toute la maison, excité par sa stupide idée de jeu. J'arrivai à peine à rester éveillé assez longtemps pour manger mes œufs et ma tartine au froment. Le lendemain, je m'arrêtai au même café où j'étais allé la veille avec Sebastian et gobai un gigantesque Latte Mortel. L'électrochoc de toute cette caféine me permettrait peut-être de survivre à l'entraînement de ce matin. J'aurais aimé qu'il soit optionnel, mais jusqu'ici, nous avions été bien trop nuls pour avoir l'occasion de zapper un quelconque entraînement. Mes nerfs vibrants et mes mains tremblantes, j'entrai précipitamment dans le vestiaire, crispé par le bruit.

Vlad leva la tête alors qu'il attachait ses patins, ses yeux bleus et pâles s'arrondissant quand je me jetai sur lui tel un écureuil au régime.

— Salut. Bon, il y a ce jeu auquel Ryker veut qu'on joue. Des armes, des costumes mécaniques, des explosions.

J'imitai le bruit d'une déflagration avant de lever les mains afin d'illustrer le big bang.

— Pour faire de la cohésion d'équipe, comme les Railers. Trop marrant. La création du personnage est maximale, donc tu peux créer ton costume et le décorer du drapeau russe !

— Je suis Américain, maintenant.

— Oh. Très bien, choisis les étoiles et les rayures. Ryker a mis un drapeau des bisexuels dessus. Non pas que je sois en train de dire que tu es bi, qu'est-ce que j'en sais ?

Je ricanai, écartai mes cheveux de mes yeux et plissai mes paupières en le regardant.

— Tu ressembles à ce mec dans ce film ! Merde alors, il était boxeur. Rocky s'est battu contre lui. Le gars était gigantesque. On aurait pu poser un bol de *queso* sur ses pommettes ! Un blond comme toi, le même style capillaire, avec une coupe courte, militaire et sérieuse. Ses yeux n'étaient pas aussi beaux que les tiens. Non pas que je passe du temps à reluquer les yeux des mecs. Bon sang, je suis surexcité. Tu as déjà bu un Latte Mortel au petit café du coin ? Ce truc fait suer tes globes oculaires et atrophie tes boules.

— Ta redescente sera douloureuse, dit-il de sa voix très, très profonde et étrangement apaisante. En plus, je ne bois pas de café, seulement des infusions. Quant au jeu, pourquoi tu m'en parles ?

— Des infusions ? Impossible ! Mon *abuela* boit de la tisane, mais parfois, quand elle se sent joueuse, elle verse un peu de folie dedans !

Je claquai son bras musclé dans un bruit sec avant de commencer à ricaner.

— Elle t'arrive au genou, elle a les cheveux gris, mais elle peut te botter le cul. Je ne déconne pas. C'est une vraie dure à cuire.

— Alejandro, j'espère que tu arriveras bientôt au bout de cette excitation. Ma matinée a été… contrariante.

— Meeeeec, ta petite amie a découvert que tu avais mis cette blonde dans un taxi ?

— Non, simplement, elle n'a pas supporté d'être avec un joueur de hockey.

Il se redressa. Je l'imitai et eus alors le vertige.

— Donc elle est partie ?

— Oui, elle m'a donné sa clé et a fait ses bagages ce matin. Le hockey est une amante cruelle et exigeante.

Il soupira, se releva et baissa les yeux vers moi.

— Ce n'est pas la première à partir parce que ce sport passe en priorité, et elle ne sera probablement pas la dernière.

Je levai, levai, levai les yeux vers lui. Que donnaient-ils aux bébés russes pour qu'ils deviennent si grands ?

— Les hommes et les femmes partent et viennent. C'est la vie en déplacement qui tue la romance.

— Désolé, Vlad.

Les larmes me montèrent aux yeux, mais je les chassai.

— Je… euh, ça ne te dérange pas si on crée une équipe dans ce jeu ? On aimerait être soutenu par le capitaine.

— Oui, bien sûr. Il faut qu'on trouve des choses qu'on apprécie et dans lesquelles on peut s'engager en tant qu'équipe. Le coach devra également donner son aval.

Il m'ébouriffa et s'éloigna d'un pas lourd, ses protège-lames épargnant le sol des assauts du bord tranchant de ses patins.

— Oui, Ryker est en train de lui parler, dis-je depuis le casier de Vlad devant lequel j'étais assis.

Il leva une main gantée pour me montrer qu'il comprenait, avant de disparaître.

Je bondis, fis les cent pas dans la pièce quelques minutes, mes nerfs tressaillant et mon esprit tourbillonnant à cause d'un millier de problèmes avant d'opter pour un seul. Sebastian et mon secret. Qu'avait-il voulu dire ? Dix minutes s'écoulèrent, d'autres joueurs arrivèrent et retirèrent leurs vêtements de ville afin d'enfiler leur tenue de hockey. Je sortis précipitamment dans le couloir quand Jens me fit remarquer que je n'avais qu'une chaussure et que mon T-shirt avait été vu pour la dernière fois dans les douches. Comment ou pourquoi ? Je n'en avais aucune idée.

— Je vais voir quelqu'un à propos d'un secret.

Jens acquiesça d'un air maussade, ses longs cheveux bruns encadrant son petit visage rond. Il était mignon. Et sympa.

Où était mon portable ? Merde. Peu importe. Je sortis rapidement du vestiaire, fonçai dans un responsable des équipements, lui demandai pardon et tournai sur moi-même alors que mon cœur commençait à tambouriner. J'ignorais où trouver Sebastian ou même s'il était présent, mais je me disais que je pouvais commencer à l'étage, bien au-dessus de la glace, où les propriétaires occupaient des bureaux élégants. Je devais sincèrement le localiser avant qu'il commence à évoquer mon secret à d'autres personnes. S'il en avait parlé à qui que ce soit, je devrais le tuer et dissimuler son corps dans la glace.

J'avais vu un magicien le faire à la télé, un jour. Enfin, il n'avait tué personne, évidemment, mais il avait dissimulé quelqu'un dans la glace. La magie était une tradition familiale. Mon *abuela* disait qu'elle pouvait charmer les gens pour qu'ils tombent amoureux rien qu'avec un sort chuchoté. Elle était une *bruja* et une bonne, d'après ses dires, donc nous, les enfants, l'avions toujours écoutée, au cas où elle se mettrait en colère et nous transformerait en lézard à cornes. Oh, j'avais mal à la tête. Je pensais à bien trop de choses. Je titubai vers l'ascenseur le plus proche, entrai et montai jusqu'au dernier étage de la patinoire.

Continuant d'avancer avec une chaussette d'un côté et une chaussure de l'autre, torse nu, je commençai à tambouriner aux portes. Elles étaient si nombreuses et donnaient sur toute sorte de salles pour des sociétés et des riches possédant plus d'argent que de cerveau. Ou d'œufs ? *Cerebros o huevos* disait le dicton ?

— Alex ?

Je sursautai et fis volte-face comme un chat chassant un laser. En atterrissant, je vis que Sebastian était là, à vingt centimètres, avec sa barbe et sa bonne odeur. Il était bien mieux que mademoiselle Bien Gaulée de la nuit dernière. Il ne portait pas de costume, rien qu'une ample chemise blanche et un pantalon marron. Mon regard se posa sur quelques poils noirs dépassant du V formé par sa chemise boutonnée.

— Pourquoi te retrouves-tu ici avec une seule chaussure ? N'es-tu pas censé être sur la glace avec les autres gars ?

— Mon secret est un secret ! déclarai-je avec vigueur. Je ne sais pas ce qui, selon toi, est mon secret, mais c'est le mien et je veux que personne d'autre ne le sache.

— Je n'ai nullement prévu de dévoiler mes suppositions…

Je tendis la main pour toucher son visage et sa barbe qui était nettement taillée afin de lui conférer un air négligé. Ah, merde, c'était merveilleux. Il s'humidifia les lèvres. Mon cerveau vint à la rencontre de ma libido au centre de ma poitrine. J'attrapai sa mâchoire et attirai sa bouche vers la mienne avant de sentir mon cœur exploser.

SIX

Seb

———————

TOUTE PENSÉE RATIONNELLE ME FUIT L'ESPACE D'UN instant, puis le danger de ce qui arrivait s'écrasa contre moi. Je fis entrer Alex dans mon bureau du mieux possible et claquai la porte derrière moi, espérant sincèrement que personne n'avait été témoin de ce qu'il venait de se passer. Alex tituba en arrière, s'agrippant à moi pour se stabiliser. Ses yeux noirs étaient écarquillés, ses lèvres étaient entrouvertes et le désir se lisait sur son visage. Il me tira vivement vers lui et je basculai. Il vint à ma rencontre et nous tombâmes à la renverse, atterrissant à moitié sur le canapé, mais surtout sur le sol. Je le repoussai. Ce n'était pas le moment d'embrasser un homme dans mon bureau, particulièrement quand il s'agissait d'Alex et qu'il n'y avait rien d'indifférent dans cet acte. Il s'approcha pour un autre baiser et je le maintins à distance, tout en poussant une chaise de bureau avec mon pied pour la caler contre la porte. J'étais au seul bureau de cet étage, coincé dans un espace désert afin de pouvoir réfléchir, mais tout de même, n'importe qui pourrait passer.

Nous étions dans une impasse, sans savoir ce qu'il se passait alors qu'il me dévisageait comme si j'étais son dîner et qu'il était mort de faim. Nous respirions tous les deux laborieusement, mais au moins, il avait arrêté d'essayer de m'embrasser. J'ignore combien de temps il fallut, mais le désespoir et la colère dans son regard s'estompèrent jusqu'à ce que, brusquement, il recommence à réfléchir. Dès qu'il comprit ce qu'il avait fait, il s'éloigna de moi. Étrangement, je ne pus me concentrer que sur le fait qu'il avait une seule chaussure et pas de haut. Il tendit la main vers le mur et plia les jambes, enroulant ses bras autour de ses genoux et dissimulant son visage entre eux.

Avait-il été drogué ? Était-il ivre ? Mais que venait-il de se passer ? Que s'était-il produit pour qu'il veuille suivre les instincts qu'il dissimulait au fond de lui ? Tentait-il de prouver quelque chose ? Espérait-il me surprendre dans une situation compromettante, crier que j'avais abusé de lui et me faire ensuite renvoyer ?

— Alex ?

Je posai toutes mes questions en un simple mot lourd de sens et il me dévisagea. Ses yeux étaient brillants et plus clairs, quant à ses mouvements, ils étaient ralentis.

— Vie de merde, murmura-t-il avant de se frotter les yeux. Putain.

Je reculai pour aller fermer la porte à clé et je fus heureux de ne pas avoir encore levé les stores de la petite fenêtre. Personne n'avait besoin d'assister à ce qu'il se passait avec Alex.

— Tout va bien, le rassurai-je.

J'attendis qu'il hoche la tête pour le confirmer, puis qu'il me laisse vivre le reste de ma journée.

— Tout ne va pas bien, marmonna-t-il avant de jurer en espagnol.

Mes capacités dans cette langue se limitaient à demander où étaient les toilettes, mais étant donné le ton qu'il employait, je supposais qu'il s'agissait d'un genre de juron.

— Que s'est-il passé ?

— Toi, dit-il en agitant la main dans ma direction et en soupirant. Avec ton visage, ta barbe, tout.

D'accord… ce qu'il disait n'était toujours pas très logique.

— Moi ?

— Et la caféine. Une *tonne* de caféine.

Nous restâmes assis en silence quelques instants, mais brusquement, dans une effervescence de mouvements, il se leva et j'aperçus pour la première fois réellement Alex, torse nu. Sa peau était lisse. En revanche, il n'avait pas de tablettes de chocolat comme d'autres joueurs plus âgés. Néanmoins, il était tout en muscles fins sans être baraqué. Étant donné que j'avais encore une érection après m'être fait sauter dessus et avoir été embrassé à mort, je n'aurais vraiment pas dû regarder.

— Merde, l'entraînement.

Il écarquilla une nouvelle fois les yeux.

Je levai une main et récupérai mon portable sur mon bureau. J'appelai l'entraîneur qui répondit à la première sonnerie avec un *oui* agacé.

— Je voulais vous prévenir que je discutais avec Alex dans mon bureau et que je l'ai retenu. Il descend vous rejoindre en ce moment même. C'est entièrement ma faute s'il est en retard.

— S'il n'est pas là dans une minute… tonna le coach avant de raccrocher.

Je me tournai pour m'adresser à Alex, mais il tâtonnait avec le verrou et je le vis franchir la porte. Il ne se retourna pas pour me parler et à la vitesse à laquelle il s'éloignait, je fus impressionné qu'il ne trébuche pas. Soupirant, je le regardai s'en aller avant d'ouvrir la porte. Le travail m'appelait et je ne pouvais rester assis là à me demander ce qui venait de se produire.

— On peut discuter ? demanda Jason depuis la porte.

Je le fis entrer. Il s'assit sur la chaise qui avait maintenu la porte ouverte et s'affala. Avait-il entendu ce qui venait de se passer ? Comment était-ce possible ? Pourquoi était-il dans mon bureau si tôt un mardi ?

— Qu'y a-t-il ?

Je fermai mon journal et lui accordai toute mon attention. J'étais peut-être bénévole ici, il restait mon patron, en quelque sorte, et il me donnait l'impression que le monde pesait sur ses épaules.

— Les conneries habituelles, marmonna-t-il.

Lankinen fait appel de sa condamnation, il y a aussi les rapports médicaux…

Il s'interrompit avant de tendre la main pour fermer la porte. Que feraient les gens si j'avais un plus grand bureau ? Je l'ignorais.

— Henry ne va pas très bien. C'est sa vue.

Il montra son visage et soupira sincèrement.

Je n'avais pas vu mon ami si abattu depuis qu'il s'était cassé la jambe en deuxième année à Cambridge et avait donc loupé les essais pour intégrer l'équipe d'aviron. Je l'avais aidé à se rétablir en lui promettant qu'il pourrait s'envoyer en l'air et picoler. Pas avec moi, bien sûr – Jason ne pensait qu'aux seins et au whisky pur. J'étais alors plus intéressé par Nicky, le barman, et par le fait de rester sobre afin de profiter de l'inévitable fellation quand il aurait fini de bosser. Jason s'en était rapidement remis, mais je ne pouvais régler cette situation aussi facilement avec un verre et des ébats. J'affichai donc un air professionnel et parcourus les éléments un par un, remerciant le Ciel que nous ne discutions pas sérieusement du fait que j'avais embrassé Alex ou qu'il m'avait embrassé. Je doutais que Jason accepte que j'envahisse l'espace personnel d'un joueur, si cela lui causait des ennuis.

— Très bien. Donc, Lankinen, sur quoi s'appuie-t-il pour faire appel ?

Jason haussa les épaules.

— Dieu seul le sait. Il y a tout un tas de termes légaux et notre avocat dit qu'il n'a aucun argument, que son appel sera rejeté, mais j'ai dû quitter la réunion parce qu'il a suggéré que nous trouvions un genre de compromis afin qu'Aarni nous laisse tranquilles avec cette affaire.

— Quel genre de compromis ?

— Il l'a dit lui-même, ce n'est que du blabla, mais je suis parti quand Mark a botté le cul de notre avocat avant de s'en aller en furie. Je l'ai suivi, mais il avait disparu. Il restait donc Cam, assis avec Monsieur Costard. Je dois maintenant trouver mon frère pour le calmer et y retourner pour sauver Cam du conseil d'administration.

— Mais tu es venu ici, à la place ?

Je connaissais Jason depuis suffisamment longtemps pour déchiffrer son expression.

— Pour parler ? Ou pour te cacher ?

Il se redressa sur sa chaise et sembla indigné, un bref instant, avant de se calmer une fois encore.

— Peut-être un peu des deux, avoua-t-il. À vrai dire, c'est cette histoire avec Henry qui me chiffonne. Ce gamin travaille encore sur son accident et sa reprise pour la saison prochaine est aléatoire. J'appréciais Henry. Il était discret, mais il avait un côté amusant…

Jason arrêta de parler et j'attendis une seconde pour voir s'il réfléchissait simplement à voix haute.

— Comment gérons-nous ça ? Que faisons-nous ? demanda-t-il enfin.

— Ah, on en arrive là, tu veux savoir comment je vais tout arranger ?

— Peut-être.

— Je ne vais pas tout arranger, du moins pas encore.

J'ai des choses à préparer, mais j'ai quelques bonnes idées, l'une étant qu'Alejandro Santos-Garcia, Alex, devienne l'image soignée des Raptors.

Je me rappelai le baiser et me demandai si tout ce que j'avais trouvé me mènerait en fin de compte à un filon de mauvaises idées.

— Alex ? Mais il est… Et pour Ryker ? Nous t'avons engagé pour que tu travailles avec lui sur…

— Bien sûr, Ryker fait partie de tout ça, mais sa situation personnelle s'accompagne de ses propres… disons, *inconvénients*, comme il est si proche de… Tennant Rowe, continuai-je après avoir consulté mes notes. De plus, il y a aussi le fait qu'il est en couple avec un autre homme.

— Sérieusement ? On s'engage sur ce terrain-là ? Tu es gay, nom de Dieu.

C'était la deuxième fois que quelqu'un comprenait ma déclaration de travers. Je m'enfonçai donc sur ma chaise et fis tourbillonner mon crayon.

— Laisse-moi te raconter une histoire.

— Bon sang, c'est nécessaire ?

— En Angleterre, nous avons un footballeur qui s'appelle Justin Fashanu. Il a fait son coming-out…

— Je connais cette histoire…

— … La pression a été intense dès le début, tout autant à cause des journalistes, de sa famille que des fans. Il a fini par recevoir une tonne de haine. Tu sais comment ça s'est fini, il s'est suicidé. Tu penses vraiment que le milieu du hockey professionnel masculin, aux États-Unis, un sport où prédominent l'agressivité et la virilité, sera tendre avec un joueur qui n'a pas la blonde requise à son bras ?

— Eh bien, non, mais oui. Je veux dire… Et les Railers de Harrisburg ? Ils ont tant d'arcs-en-ciel dans leur équipe que c'est comme s'ils avaient une licorne de compagnie à la patinoire.

— Et c'est mon problème. Tu vois, le truc, c'est que les Railers ont Tennant Rowe, un phénomène qui enchaîne les points. L'équipe a du succès et ils ont déjà une coupe Stanley dans leur armoire à trophées.

Je commençais à être fier de mes connaissances en hockey.

— Combien de ces championnats ont gagné les Raptors ? En cinquante ans ?

— Aucun ?

— Tout ce que je dis, c'est que les fans vous pardonneront beaucoup de choses si l'équipe gagne. Les Raptors ? Je sais qu'ils avancent dans la bonne direction, mais il nous faut une approche très différente, une approche qui a un impact sur le marché. Je veux que Ryker et Alex se défient, que nous filmions le résultat et que nous travaillions sur Instagram et Twitter. J'inclurais Henry, avec sa convalescence, peut-être, si le staff médical et toi pensez que c'est approprié. Je souhaite que les gens voient le cœur de cette équipe, les amitiés qui survivent même à Aarni Lankinen et à ce qu'il a fait. J'ai besoin de voir leurs costumes d'Halloween et même ceux de leurs femmes. À vrai dire, il faut que les épouses de hockeyeurs se manifestent et créent un groupe pour éblouir quiconque suit l'équipe. Et, par-dessus tout, nous avons besoin de bougres qui sont des bougres. Tu vois... qui chahutent, se font des blagues, se lancent des défis, prennent des photos tout en muscles sur la plage, qui jouent au volley. Mais surtout, qui marquent des buts et gagnent des matchs.

— Des *bougres* qui se comportent comme des *bougres*.

Je soupirai. Jason avait passé quatre ans en Angleterre et était l'une des seules personnes aux États-Unis qui comprenaient l'argot britannique, mais je lui offris tout de même une traduction.

— Tu sais... des potes, qui s'amusent ensemble, qui font de la cohésion d'équipe.

Il haussa un sourcil.

— Je sais ce que sont des bougres. Je sais même ce qu'est un dressing et un feed-back, sans parler du fait que je soutiens Manchester United et que je bois plus de thé que de café, maintenant.

Je ne pus m'empêcher de rire.

— Tu vois ? Il m'a seulement fallu quatre ans pour te faire passer du côté obscur.

— Ha, ha, mort de rire, ironisa-t-il avant de redevenir sérieux. Bon, qu'est-ce qu'on fait ensuite ?

— J'établirai un rapport sur les coûts avant la fin de la semaine. Encore trois jours et je le présenterai à l'équipe de gestion, d'accord ? Mais tout d'abord, tu dois aller retrouver Mark et le raccompagner dans la salle de réunion pour sauver Cam.

Il soupira, mais quitta le bureau, et je me rendis

compte qu'en moins de trente minutes, j'avais vécu deux conflits émotionnels dans ce petit espace.

Il faut vraiment que je sorte d'ici.

MON EXPLORATION me mena aux cuisines du sous-sol, l'un des seuls endroits que je n'avais pas encore visités correctement. C'est là que je rencontrai Alan et Mo, qui géraient cet espace d'une main de fer. L'équipe, eux mis à part, était principalement composée de jeunes adultes, et j'avais mangé quelques bouchées de ce qu'ils avaient préparé. La nourriture était bien meilleure que la moyenne pour un endroit comme celui-ci. Seulement, selon moi, ils laissaient passer une belle occasion. Je guidai donc la conversation dans une autre direction quand j'entendis qu'Alan s'était formé en France pendant deux ans et était un chef pâtissier de talent. Quant à Mo, sa femme, elle était un génie de la décoration de gâteaux. Pourtant, ils avaient terminé dans les donjons de la patinoire et s'étaient tournés vers une nourriture saine.

— Avez-vous déjà envisagé de vous agrandir ? leur demandai-je quand je les réunis dans une seule pièce.

Ils étaient au calme, avant le rush du déjeuner post-entraînement, pendant lequel Alan préparait des plats spécifiques pour chaque joueur.

Je me demande quel genre de nourriture aime Alex ? Est-ce qu'il a la dent sucrée ? Préfère-t-il la crème ? Je me demande s'il aime la crème.

— ... donc, oui, on aimerait le faire.

J'entendis la fin de la phrase d'Alan et réalisai alors que je l'avais totalement loupée. Je me tapotai l'oreille et adoptai mon meilleur accent britannique.

— Mes excuses, pouvez-vous répéter ?

Heureusement, Alan ne sembla pas dérangé par le fait que j'étais parti dans mon propre petit monde. À vrai dire, il sembla de plus en plus enthousiaste au fil de la discussion.

Un café pour les visiteurs, des gâteaux spéciaux pour les événements, peut-être même l'organisation des événements susnommés dans le décor de la patinoire avec des joueurs de hockey. Je griffonnai les idées et notai de regarder comment les autres patinoires gagnaient des fonds supplémentaires. J'avais supposé que des vendeurs marchandaient toute sorte de choses lors des soirs de matchs, mais selon les informations que j'avais obtenues, les grandes marques n'étaient pas intéressées à l'idée d'investir dans les Raptors.

Je n'en étais pas vraiment surpris.

Nous pourrions avoir un café Ryker, saupoudré avec son numéro, et un cappuccino Alex avec des épices. Je savais que ce n'était que de petits détails, mais au bout du compte, nous devions reconstruire toute une marque.

— Où feriez-vous ça ? demandai-je.

Allan fut bien trop heureux de me le montrer et de me mener dans deux volées d'escaliers, puis dans des couloirs, jusqu'à ce que nous franchissions deux doubles portes.

— Par-là, c'est le hall où on achète des tickets, mais ici…

Il arrêta de parler et déverrouilla le cadenas retenant les portes. L'odeur de renfermé était évidente et l'endroit resta sombre jusqu'à ce qu'Alan tâtonne sur les interrupteurs à côté de la porte. La lumière envahit alors l'espace. Il n'était pas si vaste, mais il pouvait facilement contenir une centaine de personnes, et je remarquai que des tables et des chaises étaient empilées dans un coin. Il y avait également d'autres portes sur lesquelles étaient écrites STAFF en lettres néon. Nous avançâmes dans cette direction et entrâmes dans une cuisine en piteux état dont Alan semblait très fier. Il tapota les plans de travail et pivota lentement sur lui-même.

— Avec quelques investissements, nous pourrions nous servir de cet espace dans le but pour lequel il a été créé : des événements, des fêtes, des réunions d'entreprise, dit-il avant de devenir songeur. Il faudrait un coup de peinture.

Ses sourcils gris broussailleux se froncèrent alors que sa réflexion se muait en inquiétude.

— Peut-être plus qu'un simple coup de peinture.

— Des galas de charité, annonçai-je.

Il acquiesça.

— Nous travaillions avec plusieurs organismes de charité, mais tout a dégénéré il y a bien longtemps. Nous n'avons plus d'argent pour ça, apparemment.

— Les sponsors d'entreprise, les œuvres caritatives,

les événements avec les joueurs et les anciens… ça pourrait fonctionner.

Alan me gratifia d'un sourire radieux et lorsque je fus de retour dans mon bureau, tant d'idées bourdonnaient dans ma tête que je ne remarquai pas immédiatement Alex assis sur le canapé. Il était habillé, cette fois-ci, avec une paire complète de chaussures et un haut. Je m'arrêtai devant la porte et attendis.

— Je peux t'aider ? demandai-je quand le silence commença à créer un malaise.

Il semblait dévasté et non pas épuisé, comme après un entraînement ou un match. Il était malheureux. Il se leva après un moment et, avec les mains plongées dans les poches de sa veste, il acquiesça.

— Je te dois des excuses, murmura-t-il. Et je t'en serais reconnaissant si tu ne mentionnais pas ce qu'il s'est passé à qui que ce soit. Si ce que j'ai fait était rendu public, ça détruirait ma vie.

Cette déclaration paraissait peut-être exagérée, mais j'étais gay et je m'acceptais comme j'étais, à l'opposé d'Alex, qui était toujours dans le placard et avait des secrets qu'il souhaitait emporter dans sa tombe.

— Ça reste entre nous, confirmai-je.

— Tu le jures ?

À cet instant, il faisait vraiment ses vingt-deux ans, avec sa vulnérabilité, son effroi et son angoisse, et j'ignorais quoi faire, mis à part le rassurer comme il en avait besoin. Je voyais un homme vulnérable face au chantage. Les munitions qu'il m'avait fournies étaient mortelles, si je choisissais d'en parler.

— Je le jure.

Je touchai ma poitrine, car j'avais l'impression que c'était la chose à faire.

Il vit mon geste, mais ne sembla pas moins tendu.

— Merci.

Il acquiesça et me contourna pour partir.

Au dernier moment, je posai une main sur son bras et l'immobilisai

— Alex, si tu as besoin de parler, tu sais où me trouver. Tout ce dont nous parlerions resterait dans la plus stricte confidence.

— Je suis désolé pour ce que je t'ai fait, répéta-t-il.

Il pensait sincèrement m'avoir fait du mal et, oui, cela pouvait être considéré comme du harcèlement sur le lieu de travail si j'écrivais noir sur blanc ce qui était arrivé. Toutefois, je devais lui faire comprendre que, dans ce cas, il n'avait pas de quoi être désolé. Il était dans un sale état, confus et effrayé, et mon instinct était de tout arranger. J'optai donc pour l'honnêteté.

— J'ai été surpris, Alex, mais s'il te plaît, crois-moi quand je te dis que je t'ai embrassé en retour.

Il écarquilla les yeux, surpris, et libéra ensuite son bras.

— D'accord.

Manifestement, il ne me croyait pas, je fis donc une nouvelle tentative.

— On devrait se retrouver en dehors du boulot et discuter des idées que j'ai pour l'équipe.

Il blêmit et recula hors de la pièce.

— Purement pour le travail, ajoutai-je.

Il marmonna en espagnol avant de partir et ne regarda pas une seule fois en arrière.

SEPT

Alex

_____

DEVRAIS-JE LUI PARLER ? PARLER À QUELQU'UN M'AIDERAIT-il ? À qui ? Devrais-je aller me confesser ?

Cela faisait des semaines, plusieurs semaines. *Abuela* aurait été horrifiée si elle découvrait que j'avais manqué la messe six semaines d'affilée, et la confession également. Aucune excuse n'était assez solide pour expliquer mon absence à l'église tous les samedis.

Dios no puede oirte hablar a menos que estés en su casa, disait-elle toujours.

Je ne croyais pas vraiment que Dieu nous entendait uniquement si nous étions dans sa demeure. J'avais le sentiment que si notre prière était sincère, Dieu nous entendait n'importe où. Ainsi, si je lui parlais régulièrement, ce que je faisais ou que j'essayais de faire, m'asseoir dans un box en bois réchauffé avec un vieux prêtre qui puait la vinasse semblait être une perte de temps. Je parlais simplement à Dieu de mes transgressions et éliminais l'intermédiaire.

Ce qui me ramena au fait de n'avoir personne à qui parler des conneries qui défilaient dans ma tête. Pouvais-je me rapprocher de Sebastian ? J'avais fait de mon mieux pour l'éviter pendant deux semaines. Chaque fois que je pensais à la manière dont je l'avais embrassé, mon estomac se retournait. Cela avait été si terrible et ne me ressemblait pas du tout. C'était immoral de profiter ainsi de quelqu'un. Et s'il décidait de m'étriller, de rendre publique cette histoire digne de Me Too, en parlant du fait que je l'avais harcelé sexuellement au travail ? Bon sang, à quoi avais-je pensé ? Bien sûr, ses lèvres étaient douces et sa barbe rêche, mais tout de même... Pendant toutes mes années de rencards, je ne m'étais *jamais* imposé à une femme. Mon âme était désormais souillée, la culpabilité rouillée d'être gay avait désormais une nouvelle patine épaisse et crasseuse...

— Garcia ! As-tu entendu un seul mot de ce que Novi vient de dire ?

Je levai si brusquement la tête que mon cou craqua. Je jetai un coup d'œil autour de moi et vis la coach Anderson en train de me fusiller du regard. Merde. J'essuyai la sueur sur mon front, me servant de la serviette pour m'aider à reprendre une contenance avant de répondre.

— Désolé, non, monsieur.

Les sourcils de notre entraîneuse décrivirent un V profond.

— Madame ! Non, madame, monsieur, Coach. Coach. Non, j'ai tout loupé.

Quand j'abaissai la serviette marron, toutes les personnes présentes sur le banc me fustigeaient avec leurs regards noirs. J'étais un véritable crétin. Ignorer l'entraîneuse suppléante et le capitaine ?

— Désolé, cap, criai-je pour être entendu malgré le rugissement des fans des Railers.

Vlad hocha sèchement la tête, mais le regard noir du coach Anderson s'attarda, tout comme celui que me lançait l'entraîneur principal à quelques mètres de là. Merde. Je *devais* me reconcentrer. Cette troisième période à patienter sur le banc, lors de notre dernier match, aurait dû libérer mes pensées de tout ce qui ne concernait pas le hockey, mais non…

— J'ai dit que Lyamin ne se sentait pas bien, répéta Vlad pour l'abruti portant le numéro 34.

Bon sang, mon héros, Auston Matthews, n'aurait pas été fier de son comparse mexicano-américain, n'est-ce pas ? Je parie qu'il n'aurait jamais agi aussi bêtement et n'aurait embrassé personne sans permission.

— Je l'ai entendu discuter avec Rowe quand je suis passé à côté de son filet. Il a un mauvais rhume – tu l'entends quand il parle.

— Alors, on va profiter du fait que leur gardien est malade.

La coach Anderson plaça subitement un tableau blanc entre Ryker et moi, se pencha en avant et commença à griffonner dessus avec un feutre bleu pétant. Jens se pencha à côté de moi pour bien voir.

— Lyamin est un mur, nous le savons tous, mais il n'est pas impénétrable. Il a toujours été un peu faible du côté de son gant, mais son équipe joue serrée pour dissimuler ce minuscule défaut. Ce soir, il ne reprendra pas aussi rapidement ses esprits quand son gant tombera prématurément. Je veux que tous les attaquants arrêtent de tenter un tir magnifique et visent juste avec ce putain de palet. Peu importe où vous êtes, sous n'importe quel angle, gardez le palet haut. Même si vous êtes aux toilettes et que vous voyez une ouverture, lâchez votre queue et lancez le palet.

Des gloussements résonnèrent depuis le banc. Nous nous étions habitués à la coach Anderson, après le choc initial d'accueillir une femme dans l'équipe. Elle n'était ni timide, ni excessivement frivole ou douce. Elle nous traitait de trouducs quand nous en avions besoin, elle chantait nos louanges quand c'était mérité et elle connaissait le hockey. De plus, elle réussissait à tempérer l'intensité du coach C. Ils travaillaient bien ensemble. Dommage que leur équipe soit toujours un ensemble négligé de marginaux.

Je retournai sur la glace avec une envie de vengeance née de ma peur. Si je continuais à merder, l'entraîneur n'hésiterait pas à me laisser dans le box réservé à la presse lors du prochain match. La honte d'être laissé de côté, combinée au fardeau des autres merdes engorgeant mon cerveau, finirait certainement par m'enterrer. Ma famille me demanderait pourquoi, mes voisins m'appelleraient, la presse me contacterait. Bon sang, même le Pape me passerait sans doute un coup de fil.

Je m'installai sur l'aile de Ryker et Jens de l'autre

côté, près des panneaux de protection, alors que nous attendions que Tennant Rowe traîne son cul royal dans le cercle pour la première confrontation. Ryker et lui échangèrent un sourire étrange. Ils plongèrent tous les deux sur le palet, se poussant et se cognant jusqu'à ce que Ryker mette un coup de coude dans le torse de son beau-père qui le fit suffisamment reculer pour que sa crosse se lève. Il y eut ensuite un simple transport de palet entre mon coéquipier et moi. Je fis volte-face et tirai dans le but des Railers.

Ma tentative se dirigea vers la barre transversale et la grande main gantée de Lyamin manqua son revers. Le palet vola alors dans le filet et un coup de sifflet résonna.

Vlad, fidèle à lui-même, contourna le but des Railers alors que nous nous réunissions pour une autre confrontation. Une brève conversation entre deux voix graves et bourrues de Russes eut alors lieu entre les gardiens et je ne compris pas un seul mot. Stan éternua bruyamment avant de lever son masque, ce qui nous fit attendre quelques secondes supplémentaires, tandis qu'il essuyait l'intérieur de son masque en se servant de son gant moelleux en coton blanc, habituellement dissimulé sous son bloqueur et sa mitaine.

— Il ne s'amuse pas, nous dit Vlad en glissant dans notre direction, sa crosse posée sur ses bras. Je vais travailler sur la zone d'en-but et un peu sur lui. Vous trois, continuez de tirer.

Nous acquiesçâmes tous les trois. Mon regard se riva sur Lyamin. Il avait remis son masque et ces yeux gris glacials étaient larmoyants et rouges. Oui, il ressemblait à un chiot malade. Nous avions été idiots de ne pas profiter de ce cadeau. Nous le fîmes donc ensuite. Chaque fois qu'un Raptor avait le palet, il tirait dans le but des Railers et entre la volée de tirs puissants et le fait que Vlad se comportait comme un emmerdeur de première, nous réussîmes à mettre trois buts derrière le gardien des Railers. De nombreux jurons furieux étaient lancés en russe en direction de la cage dans la zone de nos adversaires.

Tennant exécuta ensuite un mouvement élégant et agaçant qui passa derrière Colorado, mais voilà tout. Nous quittâmes donc la glace avec une victoire dans la patinoire des Railers. C'était merveilleux. Le coach C nous retrouva dans le vestiaire dédié à l'équipe extérieure avec un grand sourire, pour nous claquer une main dans le dos et chanter nos louanges. Sauf avec moi.

— Garcia, t'arrive-t-il quelque chose dont je devrais être au courant ? demanda l'entraîneur quand je m'approchai, Ryker sur mes talons.

— Non, monsieur. La seule chose qui m'arrive, c'est que je me concentre sur le hockey.

Il ne dit rien de plus et me fit simplement signe de continuer.

— *Jesucristo*, marmonnai-je dans ma barbe en restant seul avec l'être stupide que j'étais après le match.

Jurant d'effacer de mon esprit tout ce qui ne concernait pas le hockey, je planifiai de rejoindre ma chambre d'hôtel et de regarder des films sur ma tablette jusqu'à m'endormir. Personne ne semblait enclin à me parler, pas même Ryker, ce qui en disait long, car il parlait beaucoup et à tout le monde. L'équipe partit en direction du bus qui nous emmènerait à l'hôtel dans une longue file éparse d'hommes fatigués, mais joyeux – mis à part moi.

— Hé, hé, Garcia ! cria quelqu'un alors que nous traversions le parking désert et que des cristaux de neige tourbillonnaient dans le vent.

J'avais hâte de retourner en Arizona. Cette neige et ce froid craignaient.

— Ryker, hé, mec !

Je me retournai en même temps que Ry et nous vîmes qu'Adler Lockhart, des Railers, trottinait derrière nous, son épais manteau rembourré entourant sa grande carrure. Il nous rattrapa aisément avant de nous serrer la main. Je l'avais suffisamment vu pendant le match, comme il m'avait suivi de près et avait tenté de m'écraser contre le Plexiglas chaque fois qu'il en avait eu l'occasion, sans parler du fait qu'il tournait autour de Ryker comme un moucheron en été. Ce mec était tout de même sympa et je savais qu'il était ami avec Henry, ce qui était un plus.

— C'était un bon match. La prochaine fois, on vous bottera le cul, dit-il avant de nous éloigner du bus. Je me demandais comment se portait Henry. J'ai envoyé des fleurs tous les jours. Est-ce qu'il les reçoit ? Est-ce qu'il les aime ? Est-ce qu'il a besoin de quelque chose ? Comme d'une PS4 ou d'une montre pour suivre le temps qu'il passe en rééducation. La nouvelle collection

Cartier est superbe. Oh ! Un cheval. Est-ce qu'il a besoin d'un cheval ? On dit que faire de l'équitation, c'est génial pour retrouver de la force dans les jambes.

— Je ne suis pas sûr qu'ils le laisseraient garder un cheval dans le centre de rééducation où il se trouve, lui fit remarquer Ryker en levant la main pour saluer son beau-père et son père qui venaient voir brièvement Vlad.

— Oui, évidemment, pas dans sa chambre. Mais dehors. Je pourrais demander à quelqu'un d'aller construire une écurie là-bas…

Je dévisageai Adler, confus. Était-il toujours aussi généreux ?

— Je sais qu'il aime les vieux avions. Quand j'étais dans les ligues mineures, son frère Dan me montrait toutes les maquettes et les autres trucs qu'Henry construisait. Ce gosse adorait bricoler avec des pièces minuscules. Dan et moi, on est restés colocataires pendant deux ans. Et puis j'ai été appelé et je n'ai plus vécu avec lui. Mais on est restés en contact. Leur famille est géniale.

— Oui, Henry est quelqu'un de bien, ajoutai-je mollement. J'imagine qu'il va bien, tu sais. Mais sa blessure à l'œil est assez sérieuse.

Nous soupirâmes tous.

— Foutu Aarni. J'aurais dû faire plus d'efforts pour me débarrasser de cette ordure, grommela Adler.

Il claqua une main sur l'épaule de Ryker, puis sur la mienne, et s'en alla, passant un bras autour d'un homme mince aux cheveux bruns dans un manteau d'hiver gris et élégant. Je n'avais jamais vu autant de gays de ma vie. En voyant les Railers sortir de la patinoire, je me pris en pleine poire l'ouverture d'esprit de cette équipe qui semblait n'avoir que très peu d'impact dans le monde réel.

— On se voit plus tard. Je me prends une heure avec papa et Ten. Je rentrerai à l'hôtel après pour dormir un peu.

J'adressai un signe de la main à mon coéquipier, le froid me faisant couler le nez alors que j'observais la manière dont deux hommes gays agissaient devant d'autres personnes. Tennant et Jared n'en faisaient pas toute une histoire, mais ils se touchaient et se souriaient. Pourrais-je un jour le faire ? J'imaginais comme il serait agréable de lui tenir la main et de traverser le parking. Sebastian me regarderait amoureusement, tout comme Jared Madsen le faisait actuellement en jetant des coups d'œil à Tennant. À mon avis, je pourrais le faire…

Hé, estúpido, *tu as oublié qui tu étais et d'où tu venais ? Tenir la main d'un homme en public ? Oui, bien sûr. Comme si ta famille allait un jour supporter d'avoir un queer dans la maison.*

Effectivement. Oui, la réalité venait de se manifester. Mes épaules relevées autour de mes oreilles froides, je montai dans le bus et partis au fond, où étaient assis les novices. Le trajet jusqu'à l'hôtel fut bref. Je restai dans mon coin, parlant peu aux autres gars, puis je rejoignis expressément ma chambre où je fermai la porte à clé, retirai mon costume-cravate et m'étendis sur le lit afin de regarder des tonnes de vidéos des attaquants de

Pittsburgh. Mes yeux commencèrent à me brûler après deux heures et pourtant, mon esprit ne voulait *pas* s'arrêter. J'enfilai un maillot de bain que j'emportais toujours lors des road trips, comme la plupart des hôtels possédaient des piscines, et glissai les pieds dans mes baskets.

Traverser le hall d'entrée à deux heures du matin en maillot de bain paraissait étrange, mais dès que j'entrai dans la piscine, je sentis l'air chloré, chaud et embrumé m'entourer. Les appliques sur les murs avaient été tamisées et le bassin était donc la principale source de lumière. Je m'arrêtai brusquement quand je vis quelqu'un d'autre en train de faire des longueurs. J'envisageai d'opérer un demi-tour et peut-être d'aller sur le tapis de course jusqu'à ce que Ryker surgisse hors de l'eau, sortant à moitié de la piscine avec ses longues boucles plaquées contre sa tête.

— Joli, le dos crawlé, dis-je d'une voix qui fit écho dans la vaste pièce.

Il se glissa à nouveau dans l'eau, ses avant-bras pliés au-dessus du bord arrondi de la piscine creusée.

— Tu n'arrives pas à dormir ? demanda-t-il.

Je secouai la tête avant de retirer mon T-shirt des Raptors et de le jeter à côté de mes chaussures.

— Et toi ?

— Ouais, impossible de dormir, répliqua-t-il avant de soupirer sincèrement et de plonger la tête une seconde. Je crois que je vais me briser en deux.

Il passa une main sur son visage.

— Être loin de Jacob me tue.

— Ton père avait des astuces à te donner ? Par exemple, comment te sortir de la tête quelqu'un à qui tu tiens ?

J'immergeai un de mes pieds d'un air parfaitement nonchalant

— Il est impossible que quelqu'un que tu aimes ne te manque pas. Il a dit que je devais faire avec. Enfin, c'est facile pour Ten et lui. Ils sont constamment ensemble. Je n'ai pas vu Jacob depuis Noël. C'est… douloureux.

Je frottai le sommet de son crâne mouillé.

— Tu veux faire quelques longueurs de plus ?

— Carrément.

Nous en effectuâmes quarante supplémentaires. Lorsque nous hissâmes enfin nos fesses mouillées hors de la piscine, nous étions tous les deux épuisés. Nous nous affalâmes sur deux chaises longues jaunes, nos maillots de bain créant des flaques sur le carrelage bleu. La neige soufflait contre les épaisses baies vitrées avec vue sur une petite cour dissimulée sous la poudreuse blanche. Ryker essuya ses cheveux, puis son visage. J'optai pour les laisser sécher naturellement.

— C'est quoi ton problème ?

Sa question était nonchalante, et si j'avais été un être humain normal, j'aurais répondu plus rapidement, avec une phrase moins saccadée. Je laissai ma tête rouler sur la gauche. La serviette mouillée de Ryker pendait sur son genou, sa jambe gauche était pliée et ses mains posées sur son ventre.

— Les choses sont tendues, en ce moment, c'est tout.

Il s'allongea sur le côté et nos regards se croisèrent.

— Tu sais que tu peux me parler, n'est-ce pas? Henry et toi, vous êtes mes amis les plus proches dans l'Arizona. Peut-être que si tu me disais ce qui te ronge, je pourrais t'aider à mieux dormir la nuit.

Je laissai mes cils mouillés retomber sur mes joues et soupirai, vaincu.

— Il y a un truc…

Je ne pus le regarder et je fermai donc mes paupières.

— J'ai fait un truc, à cette… personne.

— Alex, je ne peux imaginer que tu ferais quelque chose de si terrible, au point de te plonger dans un enfer comme tu l'as fait pendant tout le mois.

Il n'en savait rien. Il ignorait tout.

— J'ai embrassé cette personne. Sans son consentement. Je l'ai attrapé et embrassé.

— Et cette personne a flippé?

— Non, non, cette personne est restée cool, mais mon esprit est focalisé sur ce baiser et sur la raison pour laquelle je l'ai fait. Ça me bouffe, même s'il a dit que ce n'était rien et qu'il m'avait embrassé en retour.

Le ronronnement du filtre de la piscine emplit mes oreilles.

— J'ai embrassé un mec.

— J'avais compris.

J'ouvris les yeux et observai des formes fluides au plafond.

— C'est parce que tu as embrassé un mec que tu flippes ou parce que tu as agi sans son consentement?

— Les deux. Non, c'est un mensonge.

Les lumières au fond du bassin projetaient des formes étranges.

— J'aime embrasser des hommes, renchéris-je.

Les yeux rivés sur le plafond où je voyais un rayon de lumière en forme de dauphin agité, je m'obligeai à prononcer ces trois mots imposants, malgré le poids qui pesait telle une ancre sur mon torse.

— Je suis gay.

— Oui, je le sais.

Ce n'était pas la réaction à laquelle je m'étais attendu. Enfin… j'aurais dû m'y attendre, manifestement, comme Ryker était profondément amoureux d'un homme et qu'il vivait tout cet amour arc-en-ciel à la maison. Tout de même. J'avais cru qu'il serait plus choqué.

— Tu le savais ?

Ma voix faiblit sous le coup du soulagement. Et cette ancre posée sur mon torse ? Elle parut un peu plus légère. Comme si plusieurs bernard-l'hermite l'avaient quittée.

Il gloussa légèrement.

— J'ai sérieusement soupçonné que tu étais au moins bi, parce que, mec, tu n'arrêtes pas de parler du cul de Colorado Penn.

Je pris un moment avant de répondre.

— *Es un buen culo*, répondis-je avant de glousser à cause de ma réplique stupide.

Oui, c'était un beau cul, mais merde alors, je venais de le dire à quelqu'un d'autre. À un autre mec. À mon ami. Et il n'avait pas vomi, n'avait pas appelé de prêtre et ne m'avait pas non plus frappé en plein visage. Les larmes coulèrent sur mes joues et je les laissai faire. Je ne me dépêchai pas de les essuyer et ne fis pas semblant de tousser. Je laissai les larmes se libérer et elles commencèrent à balayer une partie de ce machisme toxique avec lequel tant d'hommes Latino grandissaient.

Il posa la main sur mon avant-bras.

— Tu vas bien ?

Je clignai des yeux, toussai et acquiesçai, incapable de le regarder, pour l'instant. J'essuyai ensuite mes yeux du bout des doigts.

— Je n'en ai parlé à personne. Jamais.

Il serra mon bras.

— Merci de m'avoir choisi. Le fait que, selon toi, je mérite de connaître ce genre d'informations me donne une belle leçon d'humilité. Ton secret est en sécurité avec moi, tu le sais, n'est-ce pas ?

Je lui jetai un coup d'œil et acquiesçai. Il me vit.

— Alors, c'est Colorado que tu as embrassé ?

J'écarquillai les yeux.

— Mec ! N'importe quoi. C'est notre gardien. Cet homme a des groupies. J'ignore où il a foutu sa queue.

— Je te comprends.

Je me redressai et posai les pieds sur le carrelage mouillé avant de regarder Ryker droit dans les yeux.

— C'était Sebastian Brown.

— Je pensais bien que c'était lui. La façon dont vous vous regardez tous les deux…

Il agita deux doigts entre ses yeux et les miens.

— C'est torride.

Cette déclaration me surprit sincèrement.

— Ah oui ?

— Oh que oui, chaque fois qu'il te voit, il te baise lentement et longuement du regard.

— Il a… genre, dix ans de plus que moi. C'est tordu ?

Ryker me regarda comme si la réponse était évidente.

— Mon père a épousé un mec qui avait dix ans de moins que lui. Ce n'est pas grave d'être attiré par un homme plus âgé, surtout si tu es… tu vois.

— Un stupide puceau maladroit ?

— J'allais dire si tu n'es pas expérimenté, mais d'accord…

Je claquai mes mains sur mon visage.

— C'est cool. Hé, c'est cool, m'assura-t-il avant de se décaler pour s'asseoir à côté de moi. Ce n'est pas grave d'être vierge. Jacob l'était quand on s'est mis ensemble.

— Ne me mens pas, *amigo*, marmonnai-je contre mes paumes.

— C'est la vérité. Et pour ce que ça vaut, Sebastian a l'air d'être quelqu'un de bien. Pourquoi ne pas voir où ça mène ?

Il se leva. Je démasquai mon visage. Ryker me jeta une serviette sur la tête.

— Sois simplement honnête avec lui. Dis-lui où tu en es en ce moment et explique-lui que fantasmer sur son corps de Britannique, pâle, mais torride, t'empêche de dormir.

Je lui fouettai les fesses avec la serviette et fus récompensé par un bruit sec qui le fit hurler comme un chien puni. Il riposta en essayant de me faire une clé de bras... ce qui lui valut une claque sur la tête. Nous tombâmes dans la piscine où nous essayâmes de nous plonger mutuellement la tête sous l'eau pendant dix minutes, puis nous déclarâmes une trêve afin de pouvoir aller nous coucher.

Je n'eus aucun problème pour m'endormir cette nuit-là. Le réveil fut cependant difficile. Je dormis dans l'avion du retour vers Tucson, après avoir étudié les stratégies défensives d'une équipe bien plus haute dans le classement que nous ne pourrions espérer l'être. Dès que nous atterrîmes, nous fûmes guidés vers un bus qui nous emmena à la patinoire. Les familles s'étaient réunies là pour accueillir les maris et les pères. Ryker me lança un long regard. Je lui jetai les clés de ma Jeep. Il haussa un sourcil.

— Va rendre visite à Henry, puis rentre à la maison, lui dis-je en jetant mon sac sur la banquette arrière aux côtés du sien.

— Alex, si ce que tu as prévu dégénère, tu m'appelles, d'accord ? Je serai là en dix minutes.

— Merci. Tu es un bon ami.

Je marchai tranquillement vers la patinoire et pris l'ascenseur jusqu'aux box des hommes pleins aux as. Le trajet fut bref et les bruits de mes pas furent étouffés par une moquette moelleuse. À sa porte, je marquai une pause, inspirai profondément, puis jetai un coup d'œil derrière le cadre. Sebastian était à son bureau, avec ses écouteurs, et il tapait sur le clavier d'un ordinateur portable. Merde, il était beau. Barbu. Plus âgé. Gentil. Sexy. Serait-il gentil avec moi et mon stupide cœur papillonnant ? Il n'y avait qu'un moyen de le découvrir et je franchis donc le pas de la porte. Il écarquilla les yeux en me voyant. Il retira ensuite ses écouteurs.

— Salut, dis-je.

Ça, c'était une introduction brillante ou je ne m'y connaissais pas.

— Pouvons-nous faire quelque chose avec de la nourriture, peut-être et… d'autres trucs ?

Un côté de sa bouche se releva subtilement.

— Nous, les Britanniques, nous appelons ça un repas.

— Oui, ça. On peut le faire ? Manger et discuter ? J'aimerais manger avec toi.

HUIT

Seb

— Nous avons une table réservée au nom de Brown, informai-je le serveur guilleret avec les yeux baladeurs et le badge indiquant qu'il s'appelait Nico.

J'eus envie de dire à Nico d'arrêter de dévisager Alex, car, hé, il était avec moi. Ou, du moins, il n'était pas *avec* moi dans le sens où nous nous connaissions sur le plan biblique et ce n'était pas non plus un rencard, mais il était mon invité dans ce steakhouse de taille moyenne. Leur site affirmait qu'ils avaient remporté plusieurs prix et qu'ils offraient de nombreux coins discrets pour que les couples soient dans l'intimité la plus complète. J'imaginais que c'était ce qu'Alex souhaitait ce soir : l'anonymat, de la nourriture et peut-être une longue discussion.

— Par ici, annonça Nico avant de rouler du cul devant des box déserts vers le fond de la pièce pour rejoindre l'un des coins discrets.

Le restaurant était calme, mais après tout, il n'était

que dix-sept heures et nous étions venus directement depuis la patinoire. Voilà encore de quoi laisser un peu d'intimité à Alex. Je le laissai s'asseoir en premier et il se glissa au coin. Ainsi, quand je m'installai, nos genoux se touchèrent. Il sembla se détendre lorsque le serveur partit, annonçant que ce serait Emma qui s'occuperait de nous. J'en fus soulagé. Il y avait quelque chose de louche chez ce Nico et sa façon de regarder Alex, mais à moins que nous roulions jusqu'au désert, loin du territoire des Raptors, il y avait toujours une chance pour qu'Alex soit reconnu.

Enfin, pas tant que ça. Après tout, Alex était un novice et les campagnes faisant sa promotion et celle des Raptors sur les réseaux sociaux n'étaient rien d'autre que des idées dans mon agenda. Tout de même, je ne comptais pas tendre la main et tenir la sienne ou faire quoi que ce soit d'aussi inapproprié jusqu'à ce que je sois convaincu qu'il ne serait pas vu. Pour l'instant, nous étions des collègues venant dîner, rien de plus.

— Bonjour, messieurs, annonça Emma à son arrivée en glissant des menus devant nous et en remplissant nos verres d'eau. Je m'appelle Emma et je serai votre serveuse ce soir. Les plats du jour sont inscrits là-bas.

Elle désigna un petit tableau noir non loin.

— Puis-je vous apporter à boire ?

Je consultai d'abord Alex. Buvait-il ? Ou faisait-il partie de l'équipe des mecs qui ne buvaient que des mélanges protéinés et rien d'autre ? Au moins, il avait plus de vingt et un ans, même si je savais qu'on lui demanderait sa carte d'identité, ce qui suffisait peut-être à le dissuader.

— Rien que de l'eau, murmura-t-il.

Je fronçai les sourcils devant les boissons proposées sur le menu. La bière ici était tellement différente de ce que nous avions à la maison. Il n'y avait aucun signe de véritable bière. Il n'y avait que des trucs light et des microtrucs, jusqu'à ce que, finalement, je remarque une sélection de bières artisanales. Je commandai celle qui se trouvait au sommet de la liste.

— Je vais prendre une Yuengling Traditionnelle.

— Bien sûr. Puis-je vous dire que j'adore votre accent ? demanda Emma.

Je levai les yeux et vis une expression très familière. Je pourrais probablement écrire le scénario de ce qui se passerait ensuite.

— Il est trop mignon, ajouta-t-elle.

Oui, c'était par là que ça commençait.

— Merci, dis-je comme d'habitude, car je ne savais pas vraiment quoi dire d'autre et que j'étais trop poli pour la rejeter.

— D'où venez-vous ? s'enquit-elle comme si la réponse avait une importance pour elle.

Lors de ma première visite aux États-Unis, j'avais parlé de mon petit cottage dans les Cotsworlds et j'avais vu les gens me regarder, puis me demander si c'était proche de Londres ou d'Oxford. Je laissais donc cette partie-là de côté, désormais.

— Londres, mentis-je.

— Oh, cool, dit-elle.

Je jure qu'elle se mit à sautiller.

— J'adore *Quatre mariages et un enterrement*. Hugh Grant est *trooop* cool. Et vous savez quoi ? Il y avait un autre mec ici, hier, qui venait de Londres. Je crois que son nom de famille était Jones ou quelque chose de ce genre.

Elle me regarda avec impatience, mais je savais également comment gérer ça. J'avais moi-même demandé un jour à Jason s'il connaissait Royce Parker, qui vivait à Pittsburgh, donc oui, ce n'était pas comme si je n'avais jamais fait quelque chose d'identique. Seulement, étant donné que le Royaume-Uni était petit, il était sans doute plus probable que je connaisse un inconnu quelconque portant le nom de famille de Jones.

— Il ne nous faudra que cinq minutes pour regarder le menu.

Elle recula en souriant.

— Je reviens.

J'aimais le service, aux États-Unis, car vous n'aviez pas besoin de demander de l'eau et les serveurs vous prêtaient attention. Je m'attendais donc à ce que ma boisson arrive en moins d'une minute. Tout le monde était si efficace et j'adorais ça. Cela parlait à ma propre productivité. Sans réfléchir, je tendis la main vers celle d'Alex, mais il aperçut mon mouvement et se décala pour être hors de portée.

— Je ne peux pas, murmura-t-il.

Je récupérai plutôt le menu.

— Je suis désolé.

Je fus obligé de m'excuser, car il paraissait tiraillé.

Alex regarda sommairement la nourriture proposée. Il referma ensuite le menu.

— Je vais prendre le plat terre-mer, annonça-t-il.

— Je prendrai la même chose.

— Puis-je vous demander quelque chose ? demanda alors Emma en rangeant son carnet de notes dans sa poche après avoir noté notre commande.

Elle n'attendit pas la permission, même si elle l'avait plus ou moins demandée. Elle se lança plutôt dans une histoire sur son frère et son amour des Raptors. Ma poitrine se comprima quand Alex commença à gigoter comme un ver. Je n'écoutais même pas la jeune femme. Toutefois, après quelques instants terrifiants, Alex se détendit légèrement et je me concentrai sur la serveuse plutôt que de penser à la façon de m'extirper de là en causant un minimum de tracas.

— ... et donc mon frère et son mari étaient là, ce soir-là. Le pauvre défenseur s'est fait écraser et je sais que ce n'était pas la première fois que Lankinen allait trop loin. Nous sommes tous ravis qu'il soit parti. Je parie que c'est votre cas aussi.

Je retins mon souffle. La ligne de conduite était que personne, dans l'équipe, ne parlait d'Aarni – le but étant l'évitement total. Je me demandai si Alex arriverait à s'en sortir facilement. Je n'aurais pas dû m'inquiéter, car il leva les yeux vers elle en souriant.

— Je suis juste là pour jouer au hockey, répondit-il.

Il ne tressaillit même pas quand elle lui toucha l'épaule afin de marquer son approbation. Seulement, quand elle s'en alla, le véritable Alex fut de retour.

Manifestement, il n'avait pas envie de parler d'Emma ou des Raptors.

— Tu n'as même pas bien regardé ton menu, dit-il plutôt.

— Il y a une bonne raison à ça, expliquai-je en me penchant en avant et en baissant la voix. Je préférerais passer du temps à te regarder.

Les mots m'échappèrent. Je le vis baisser la tête, puis il sembla reprendre ses esprits et me dévisagea.

— Oh, résuma-t-il comme s'il ignorait quoi dire.

Il baissa le menton et sourit. Son visage s'éclaira. Il était magnifique. Tout était magnifique chez lui, de ses cheveux soyeux en passant par ses yeux sombres.

— Moi aussi, j'ai envie de te regarder, déclara-t-il timidement.

Alex, l'homme impétueux qui bafouillait, avait cédé la place à quelqu'un de plus calme avec un discours plus mesuré.

Mon Dieu, je mourais d'envie de tendre la main pour toucher la sienne. Toutefois, je m'agrippai à mon verre d'eau, si fort que je craignis qu'il se fende. L'espace d'un instant, nous nous sourîmes follement, mais son courage s'évanouit ensuite. Il baissa alors la tête et ne la releva que lorsqu'Emma réapparut avec ma bière.

— Alors, euh, c'est vrai, ce que tu as dit ? Tu vis à Londres ? demanda Alex.

Pour lui, je rentrerais dans les détails, car c'était important et qu'il m'écoutait.

— Pas du tout. C'est plus facile. Tout le monde

connaît Londres, mais peu de gens ont entendu parler d'une ville dans les Cotswolds qui s'appelle Bourton-on-the-water. Et peu de gens ont même entendu parler des Cotswolds. Ils ont peut-être vu des photos. Les maisons ont un charme pittoresque, mais c'est à deux heures de route de Londres. Je possède une maison mitoyenne stéréotypée, en pierres, avec vue sur les collines. Ma mère et ma tante vivent à côté.

Il écarquilla les yeux.

— Attends, tu vis à côté de chez ta mère ?

— Oui, elle garde un œil sur ma maison quand je voyage.

— Et tu vis au milieu d'un champ ou quelque chose de ce genre ? Enfin, j'ai vu des films, comme *The Holiday*, dans lequel il neige. Tout est minuscule, les maisons ont des toits de chaume, il y a des cheminées et aucune climatisation.

Il frissonna en pensant à ce dernier élément, mais il vivait en Arizona, où la climatisation était acquise.

— Je vis en périphérie de la ville. C'est un attrape-touriste, mais quand ils rentrent tous chez eux et qu'il n'y a plus que moi, dans mon minuscule jardin, avec une bière, je suis chez moi.

Il semblait intrigué.

— Tu as des photos ?

Je sortis mon portable et fis défiler les clichés jusqu'à la seule photographie que j'avais de mon cottage. Je l'avais prise pour l'envoyer à Jason un an auparavant. Elle était restée sur mon portable, même si j'avais fait le tri de mes photos au moins deux fois depuis. J'étais si fier de ma maison avec deux chambres, une salle de bain, une cuisine que je rénovais moi-même, et un grand salon avec un poêle à bois. Les fenêtres étaient divisées en quatre et la charpente peinte en vert pâle. La maison en elle-même était classée et datait du dix-huitième siècle. Elle était mon bout d'Angleterre et je n'avais jamais été aussi fier qu'au moment où j'avais récupéré les clés. Ma maison était entièrement payée. Elle était toute à moi et je n'étais redevable envers personne. Tournant l'écran de mon téléphone, je le lui donnai.

Il le saisit et examina l'image.

— C'est si joli, reprit-il avant de zoomer pour la regarder de plus près. Parle-moi de ta ville. Ta famille y vit ? Tu travailles là-bas ? Tu connais un peu Londres ?

J'aurais pu facilement répondre à la majeure partie de ces questions, mais j'essayais d'éviter le sujet de la famille. Notre dîner arriva et nous mangeâmes en discutant passivement de l'équipe. Dès que je le pus, je lui posai des questions sur *sa* famille et toute sa nervosité sembla se dissiper instantanément. Son visage s'éclaira alors qu'il me parlait de la famille Santos-Garcia, de la *quinceañera* d'Elizabeth qui approchait et comme il était important pour elle d'avoir bientôt quinze ans. J'aurais pu rester assis là à l'écouter toute la journée alors qu'il prononçait des noms espagnols sans difficulté. Je sus que si j'avais un jour la chance de l'emmener dans mon lit, j'exigerais qu'il ne parle qu'avec les douces voyelles de sa langue maternelle.

— Tu vois donc pourquoi je ne peux parler à

personne de qui je suis, finit-il après m'avoir expliqué les attentes de sa famille et de l'Église.

Tout ce que j'avais entendu, c'était que sa famille l'aimait tendrement. J'aurais donné mon testicule gauche pour faire partie de ce clan, étant gamin.

— Que diraient-ils, à ton avis ?

— Je pense que leur chagrin les rendrait malades.

Je percevais de la tristesse et de la résignation dans sa voix, mais son ton demeurait respectueux quand il évoquait ce que ses parents pensaient. Que subissait-il en gardant un secret tel que celui-ci ? Imaginer une minute que la famille que vous adoriez pouvait ne pas vous aimer en retour uniquement à cause de votre sexualité devait être une pression déchirante, qui lui picotait la peau. Pas étonnant qu'il ne soit pas détendu au restaurant. Je décidai alors ici et maintenant que ce n'était pas l'endroit où nous devions nous trouver.

— On devrait partir, dis-je avant d'appeler Emma pour qu'elle nous apporte la note, me souvenant ensuite qu'on appelait ça *l'addition*, ici.

Je sortis mon portefeuille pour payer par carte.

— Je comprends, murmura Alex en s'enfonçant sur sa chaise comme s'il avait un poids sur les épaules.

Il paraissait vaincu et particulièrement déçu.

— Qu'est-ce que tu comprends ? lui demandai-je.

Il ne put répondre et nous nous disputâmes quelque peu quant à la personne qui devait payer alors qu'Emma revenait avec le lecteur de carte de crédit. Je remportai la partie, uniquement parce que j'avais déjà sorti mon portefeuille. Il rit de sa défaite avec Emma, bien que ce bruit paraisse creux. Dès que la serveuse partit, il parut une nouvelle fois abattu et s'enfonça sur sa chaise. L'envie urgente de le toucher me submergea une fois encore.

— Alex, que comprends-tu ?

— Tu as l'habitude d'être avec des hommes qui te tiendront la main et qui ne resteront pas plantés là comme des *conejo asustado*.

Il imita des oreilles de lapin et grimaça. J'imaginai donc qu'un *ko-ne-rrro* ou je ne sais quoi était un lapin effrayé. Ce qu'Alex n'était pas du tout. Il était prudent et cachait des secrets qui l'effrayaient.

— Je comprends pourquoi tu as envie de partir et je sais que je suis trop difficile à gérer.

Il parut frustré et ses poings étaient serrés sous la table.

— Je veux aller ailleurs, commençai-je. Dans un endroit où je peux te tenir la main et peut-être te parler, apprendre à te connaître.

— On ne peut pas aller chez moi, répondit-il d'un air peiné. N'importe quelle personne de l'équipe pourrait me rendre visite.

— Et je suis dans le pavillon des Westman-Reid, lui appris-je.

L'inspiration me vint alors.

— Roulons simplement en voiture.

— Tu en voudras plus.

Alex était têtu et il ne bougea donc pas de sa chaise.

— Je n'aurais pas dû faire ça. Je ne sais même pas ce que je fais…

Il était figé sur place et refusait de croiser mon regard. Je fis donc la seule chose possible. Je claquai une main sur l'un de ses poings pour le surprendre, puis je poussai ma chaise en arrière.

— Viens, allons discuter.

Je sortis, espérant qu'il me suivrait, ce qu'il fit après un petit moment en courant à grandes enjambées hors du restaurant, regardant autour de lui comme s'il pensait que des paparazzis l'attendaient. J'avais sérieusement sous-estimé à quel point nous devions être discrets et j'aurais pu me frapper pour avoir suggéré un dîner dans un endroit public. La voiture était garée non loin et je patientai à l'intérieur où je me demandai s'il finirait vraiment par me rejoindre. Dès qu'il fut installé et qu'il eut bouclé sa ceinture, je m'éloignai de la rue principale et partis au nord-est, sans destination particulière en tête, jusqu'à ce que je repère les pancartes indiquant le parc national Saguaro, qui devait nécessairement offrir quelques endroits tranquilles, non ? Bon sang, c'était le désert, n'est-ce pas ?

— Ryker est au courant, me dévoila brusquement Alex alors que nous nous approchions de notre destination.

Il était resté silencieux jusque-là, assis au fond de son siège à regarder le paysage défiler.

— Il dit que tu me regardes constamment.

Merde, c'est vrai ?

— Je serai plus circonspect.

— Non, je ne voulais pas dire ça comme ça. Il dit que

je te regarde en retour, donc tu n'es pas le seul. Je n'arrive seulement pas à croire que je suis en train de tout gâcher, m'expliqua-t-il avant de grommeler.

Je posai une main sur son genou et le serrai pour le rassurer.

— Personne ne le remarquera, mentis-je.

Les joueurs de hockey avaient une mentalité de vestiaire qui n'avait aucun sens pour moi. Ces hommes étaient tous ensemble et, oui, certains joueurs comme Madsen allaient à contre-courant, mais leurs discussions étaient surtout axées sur les filles. J'avais entendu Alex se joindre à eux, j'avais vu sa manière de se tenir quand il était dans le vestiaire, et c'était bien différent de la vulnérabilité qu'il démontrait actuellement. Il était devenu si doué pour faire semblant que personne ne pourrait penser qu'il était autre chose qu'hétéro.

— Tu vois ce que j'ai eu ?

Il tendit la main. Une serviette était nichée au creux de sa paume, toujours nettement pliée, et un numéro de téléphone avait été écrit au crayon noir.

— Emma dit qu'elle a un faible pour les joueurs de hockey et j'ai pris son putain de numéro.

Il laissa échapper un flot d'espagnol et son ton devint tranchant, comme si l'entièreté de ce qu'il venait de dire n'était qu'une suite de jurons.

— Elle m'a dit que son frère et son mari aimaient le hockey, j'avais donc l'ouverture parfaite pour parler franchement, mais j'étais terrifié.

La pancarte pour l'embranchement du parc national

Saguaro était devant nous et je mis mon clignotant avant de tourner. La route était déserte, un peu comme le Peak District ou les Yorkshire Moors en Angleterre. Le parc n'accueillait pas d'étendues d'herbe ou de balançoires, mais plutôt un vaste espace désertique de l'Arizona sauvage, ponctué de cactus et de montagnes. La chaleur faisait scintiller l'ensemble et nous suivîmes des pancartes vers le premier parking. Nous nous garâmes à la dernière place et il n'y avait aucune trace de présence humaine. Je laissai le moteur tourner avec la climatisation, verrouillai les portières et retirai ma ceinture avant de me tourner vers Alex.

— Je n'aurais pas dû suggérer que nous allions au restaurant.

— Je n'aurais pas dû flipper.

— On aurait peut-être dû réserver une chambre d'hôtel…

— *Puta mierda* ! Je ne fais pas ça, m'interrompit Alex.

Il déverrouilla la portière et tâtonna sur la poignée avant de bondir hors de ma voiture. Je l'imitai et nous nous retrouvâmes devant le véhicule de location. Le soleil impitoyable de l'Arizona, même en pleine soirée, me priva de tout mon air et brûla mes poumons. J'espérais sincèrement que nous n'allions pas vivre cette scène remplie d'émotions sous cette chaleur.

— Je voulais dire, pour *parler*, Alex. Rien de plus. Je le jure.

— Je ne te fais pas confiance. Je ne veux pas que tu fasses ça. Je ne veux pas faire ça. Pas du tout.

Je ne vis pas le baiser arriver, mais je me retrouvai

avec les bras emplis d'un Alex sexy et je titubai en arrière. Je nous séparai et vis son torse se soulever péniblement. La situation était hors de contrôle et je n'arrivais pas à la gérer, actuellement. Nous étions au début d'une négociation délicate sur ce que nous allions faire, comment nous allions le faire et même si nous allions le faire, tout court.

— Alex, retournons dans la voiture, lui suggérai-je.

Après une pause, il acquiesça et nous retournâmes tous les deux rapidement dans l'habitacle plus frais. Il s'assit et me fit face.

— Je fous tout en l'air, marmonna-t-il. Comme un adolescent pendant son premier rencard, comme un *mocoso* lors de son premier jour.

Je saisis son visage entre mes mains et le maintins jusqu'à ce qu'il me donne moins l'impression de vouloir fuir. Je caressai ses pommettes avec mes pouces et soutins son regard.

— Personne n'a besoin de le savoir, Alejandro. Personne.

J'inclinai la tête et appuyai mes lèvres contre les siennes, affaiblissant sa réaction agressive instinctive. Je l'embrassai paresseusement, nos langues se mêlant, et je goûtai sa chaleur un long moment.

Quelque part, entre le début et la fin de notre premier doux baiser, il s'était figé. Je perçus à cet instant le goût salé de ses larmes.

NEUF

Alex

ALORS QUE FÉVRIER CÉDAIT SA PLACE AU MOINS DE MARS, je m'essayai aux rencards secrets avec un homme et je commençai à me voir comme trois Alejandros différents.

L'un était l'Alejandro auquel ma famille s'attendait – malicieux, macho et super-hétéro. Puis il y avait l'Alejandro auquel mon équipe s'attendait – respectueux, macho et super-hétéro. Le troisième était celui que j'apprenais peu à peu à connaître, tandis que Sebastian et moi nous rapprochions.

Ce troisième était si différent des deux autres qu'il était difficile de tous les aligner dans ma tête. Alejandro Trois était moins agressif, plus réceptif et pas super-hétéro. Bien sûr, il faisait son coming-out quand Seb et moi étions seuls ou, à l'occasion, quand Ryker et moi décompressions à la maison. L'homme gay en moi était encore bien trop effrayé pour montrer d'une quelconque façon qu'il n'était pas Monsieur l'Hétéro

Chasseur de Gonzesses en extérieur. Je n'étais ainsi qu'en intérieur, avec mon meilleur ami ou l'homme qui était prêt à me laisser l'embrasser, puis qui s'arrêtait quand les choses devenaient torrides, et je pouvais alors laisser ressortir le véritable moi. Son niveau de patience crevait le plafond. Seb n'était jamais en colère contre moi quand je reculais ou que je le repoussais. Il ne me ridiculisait jamais quand j'étais un vrai morveux geignard qui le suppliait de lui accorder plus de temps, tout en se frottant contre lui. J'étais terrifié à l'idée de le perdre parce que je ne passais pas à la casserole et pourtant, j'étais aussi terrifié à l'idée d'être intime avec lui, car une fois que cette ligne serait franchie, comment pourrais-je repousser Alejandro Trois dans son placard sombre et sans air ?

Les moments comme ceux-ci, même si j'étais chez moi, étaient certainement pour un Alejandro Un. Et il était complètement enfermé dans le placard.

— *Buenos dias, Abueladías, Abuela*, dis-je en souriant à ma grand-mère alors que nous échangions lors de notre discussion matinale sur l'ordinateur.

C'était ainsi qu'elle les qualifiait, pas moi.

Ryker tomba sur mon dos et passa les bras autour de mon cou.

— *Buenos dias, Abueladías, Abuela*, répéta-t-il dans mon oreille.

Je grimaçai et le chassai. *Abuela* rit.

— Comment allez-vous aujourd'hui ? lui demanda mon colocataire.

— *¡Ustedes dos son tan guapos ! Ryker, pregúntame en español.*

Mon pote me regarda impassiblement.

— Elle a dit qu'on était beaux, tous les deux.

Ryker rougit.

— Et qu'elle veut que tu lui demandes comment elle va en espagnol.

Mon ami blêmit alors. Je lui chuchotai les mots convenables.

Il sourit, grimpa au-dessus du dossier du canapé et s'affala ensuite à côté de moi.

— *¿Cómo está ?*

Abuela agita un doigt dans notre direction, mais son visage ridé était marqué d'un sourire.

— Oh, *mi niñito*, pourquoi aides-tu ton copain à tricher dans son apprentissage de l'espagnol ? Comment apprendra-t-il un jour un bon espagnol si tu lui chuchotes les réponses à l'oreille ?

Nous baissâmes tous les deux la tête, honteux. Elle éclata de rire avant de nous qualifier de garnements.

— Je ferai mieux demain, *Abuela*, je te le promets. C'est l'heure de la douche !

Il m'asséna une claque à l'arrière du crâne avant de repartir sur le dossier du canapé.

— Et je prends la dernière serviette propre !

— Loser.

Je gloussai avant de me concentrer sur la petite femme mince que je voyais sur l'écran de mon ordinateur portable.

— C'est un loser, répétai-je.

— C'est un bon garçon. Comme toi. Deux gentils garçons. Alejandro, dis-moi, qui amènes-tu pour la *quinceañera* d'Elizabeth ?

Argh. Argh. Argh. Mourrait-elle si je disais Sebastian ? Oui. Elle mourrait de honte et d'embarras, comme mes parents et ma fratrie le feraient. Mes cousins me tabasseraient de façon insensée, avant de cracher sur le *maricón* allongé par terre, en sang.

— Je ne sais pas encore.

Elle me lança un regard noir par-dessus ses lunettes.

— C'est vrai ! *Abuela*, tant de femmes me veulent. Comment puis-je n'en choisir qu'une et décevoir toutes les autres ?

Elle leva les yeux au ciel, mais au fond, elle adorait le machisme. Elle pouvait parler pendant des jours de mon *Abuelo*, qui avait été un homme fort, possessif, jaloux et convaincu que certaines choses n'étaient pas faites pour les hommes, tels que le ménage, la cuisine et l'éducation des enfants.

— Quel coq prétentieux, me réprimanda-t-elle alors que son regard habituellement joyeux devenait clairement mécontent. Tu dois choisir un rencard, Alejandro. Ta petite sœur est aberrante et refuse d'inviter l'un des garçons que nous jugeons convenables.

— Peut-être que toi et *Mamá*, vous pourriez la laisser choisir ses propres *damas* et *chambelanes* ?

— Pfff, les *damas* sont déjà prêtes. Quelle fille n'a pas envie de porter une belle robe et une coiffure digne d'une reine ? Ce sont les mecs qui rechignent et elle n'aide pas en étant aussi têtue.

J'étais éternellement reconnaissant d'être né en tant qu'homme.

— Je pense que *Mamá* et toi, vous devriez simplement la laisser choisir. Elle sait qui elle apprécie. Si vous ne la laissez pas décider, elle insistera pour que je sois son *chambelán de honor*.

Abuela chuchota une rapide prière à la Sainte Vierge.

— Et si elle choisit quelqu'un que la famille voit comme un *zorillo apestoso* ?

Cette réplique me fit ricaner.

— Eh bien, si elle choisit une moufette puante, nous devrons tous porter des masques. Vous devriez la laisser être avec le garçon qu'elle choisit, *Abuela*. Tout le monde devrait fréquenter la personne que leur cœur leur indique.

Elle me dévisagea.

— Alejandro, *ton* cœur t'indique-t-il d'être avec quelqu'un ?

Je clignai des yeux en regardant la minuscule femme aux cheveux gris. Si seulement je pouvais lui dire…

— Non, *Abuela*, je ne te présenterai aucune personne spéciale à la maison.

Des yeux marron me scrutèrent. Je commençai à me sentir mal à l'aise. Nier l'existence de Sebastian – de moi, de lui, de nous – me faisait terriblement mal.

— Alejandro, tu es mon petit-fils préféré, *si sabes*.

— *Si, Abuela*. Je le sais.

Elle nous le disait constamment, à mon frère et moi.

— Ramène à la maison quiconque fait chanter ton cœur, *mi niño lindo*.

Mon cœur effectua un salto et mon estomac bondit.

— Et si ce n'est pas le bon type de personne ?

— Si cette personne te rend heureuse, c'est la bonne. Souffle-moi un baiser, Alejandro. Je vais être en retard pour mon cours de tai-chi.

Je lui soufflai un baiser.

— *Adiós.*

— *Adiós, papito*.

Elle me souffla un baiser. Puis l'écran devint noir.

Un peu comme mon esprit. Avais-je excessivement interprété ses paroles ? Oui, carrément. En aucun cas, elle ne pouvait m'avoir encouragé à ramener un homme à la maison. Je me levai et me débarrassai de ce malaise qui m'avait donné la chair de poule.

APRÈS UNE DOUCHE RAPIDE, suite à laquelle je dus me sécher avec une serviette puante – merci Ryker –, mon meilleur ami et moi passâmes rendre visite à Henry. Il avait le moral dans les chaussettes, souffrait et était entouré des fleurs envoyées par Adler Lockhart.

— Mec, il a carrément dit qu'il t'achèterait un poney, le taquina Ryker.

Cette déclaration fit sourire Henry l'espace d'un instant.

— Je t'imagine bien traverser Tucson sur le dos d'un poney tout poilu.

— Oh ! On pourrait en prendre un chacun et on deviendrait les Trois Cavaliers !

Nous éclatâmes de rire et Henry, béni soit-il, essaya même de balancer quelques sarcasmes, mais ils manquaient de sincérité. C'était le fond de ses problèmes. Enfin, le fond émotionnel et mental. Ses blessures, bien sûr, étaient le plus gros souci et cet œil devenait de plus en plus problématique au fil du temps, mais il avait abandonné le combat. Il avait abandonné sa passion pour la vie et je le comprenais. Sincèrement. Certains jours, j'avais l'impression que la vie collait le talon de sa botte contre ma gorge. D'autres fois, j'étais à deux doigts de dire « peu importe » et de baisser les bras. Vivre dans un mensonge était destructeur. Puis j'étais venu en Arizona. J'avais rencontré Henry et Ryker, Colorado, Vlad et nos nouveaux entraîneurs. Puis Sebastian était arrivé et je vivais désormais une double vie. Quand j'étais avec lui, l'agonie de mes mensonges disparaissait. Je pouvais me blottir contre un homme, toucher un homme, embrasser un homme. Lorsque nous étions séparés, j'étais comme accroché à mes trois fichus rocs et j'avais l'impression de regarder un serpent droit dans les yeux.

— ... ce truc de paintball, demain. Ça fait partie de ce projet de relations publiques que l'équipe a établi. Des bougres qui se comportent comme des bougres, ce genre de choses, racontait Ryker.

Son coup de coude dans mes côtes me poussa à me reconcentrer sur notre visite.

— Ce Sebastian, il a des idées assez cool qu'il essaie

de mettre en place. Des conneries comme suivre Penn partout et prendre des photos de lui quand il est bouddeur et qu'il gratte une guitare.

— Les filles vont adorer, constata Henry en relevant sa jambe sur un oreiller.

Ce membre était vilain, avec des cicatrices partout et des marques d'un rouge vif qui ne s'atténueraient pas avant plusieurs années. Ils n'avaient pas encore retiré le bandage de son œil après l'opération pour recoller sa rétine. Il n'y avait aucune garantie sur le temps que cela prendrait pour qu'il retrouve la vue de cet œil, si cela arrivait un jour.

— Oui, c'est vrai. On va faire cette partie de paintball. Et il y a un genre de lac là-bas, où il veut voir Alex, raconta Ryker en me montrant du pouce. Parce que c'est lui, *le visage des Raptors*.

Il écarta ses mains au-dessus de sa tête pour dessiner un arc-en-ciel imaginaire. Je lançai un magazine sur sa grosse tête.

— Alex est mignon.

Nous arrêtâmes tous les deux de nous jeter le *Natural Geographics*. Le visage d'Henry, pour ce que nous en voyions, prit mille teintes de rouge.

— Faites comme si je n'avais rien dit. Les antidouleurs pour mon œil me rendent gay.

— C'est un genre de cachets dont le monde n'a jamais entendu parler avant? s'enquit Ryker en tapotant le pied de Henry. C'est cool, Big H. Alex est effectivement mignon si tu tiens une photo de moi devant son visage.

J'adressai un doigt d'honneur à mon colocataire et souris rapidement à Henry. Il me fit un signe de la main, le rougissement de sa peau s'estompant légèrement alors qu'il s'assoupissait lentement. Ryker et moi échangeâmes un clin d'œil, nous levâmes et posâmes un drap sur notre ami avant de sortir de sa chambre.

— Alors, Henry a un type de mecs, hein? me demanda Ryker alors que nous rejoignions les portes d'entrée.

Le vigile nous lança un coup d'œil, mais ne prononça pas un mot. Un comportement typique. Je parie que si j'étais venu seul, il aurait été sur mon dos.

— Ce ne sont que les médicaments qui parlent, rétorquai-je en trébuchant quand Ryker me poussa sous le soleil chaud de l'Arizona.

— Arrête, mec. Je voulais simplement que ce mec sache que je vois clair dans ses conneries.

— Laisse tomber, d'accord? Le coach te mène déjà la vie dure. Tu veux vraiment te disputer avec un abruti de vigile? demanda Ryker en passant un bras autour de mon cou. Tu ne peux pas rendre les gens plus intelligents. Viens, on va manger un morceau. Tu dois aussi aller à la plage pour jouer le mannequin superstar.

— Va te faire foutre, aboyai-je en le poussant malicieusement.

Nous chahutâmes jusqu'à arriver dans ma Jeep. Le vent fouettait violemment le pare-brise.

— Tout ça ne te dérange pas? m'enquis-je.

Ryker attacha sa ceinture, ses boucles dansant devant son visage.

— De quoi ? Que tu sois le visage de l'équipe ? Pas du tout, mais je pense juste que tu devrais dire à Sebastian que tu es… attends, non, c'est bête. Il sait que tu es gay. Je suis juste…

Il haussa les épaules.

— Tu sais quoi ? Ça craint, ajouta-t-il en mettant une paire de lunettes de soleil. Toute cette histoire craint. Quelle différence ça fait de savoir avec qui couche un joueur ? On joue quand même pendant le match. La personne avec qui nous couchons ne devrait pas avoir d'importance. Je déteste simplement que nous soyons toujours moins considérés parce que nous trouvons le même sexe attirant.

— Oui, ajoute à ça le fait que je suis latino alors que le monde entier déteste la beauté *azteca*.

— Aztèque ?

— Les personnes de couleur descendant des Mexicains, lui expliquai-je. Je le suis et, en plus, je suis gay ? Je suis foutu.

Je pourrais lui en expliquer davantage, comme le fait que les indigènes étaient toujours en majorité, en réalité, même si leur culture et leur héritage étaient presque entièrement effacés, mais je le lui raconterais probablement un autre jour. Dans tous les cas, Ryker n'était pas un trouduc à qui on devait expliquer ces conneries-là.

Il fronça les sourcils en regardant le soleil.

— Ça aussi, c'est du grand n'importe quoi.

Nous cognâmes nos poings et je démarrai le moteur. Nous avions dit nos vérités. Voilà tout ce que nous pouvions faire, pour l'instant. Je le laissai à la maison et partis au lac Silverbell. J'étais censé y retrouver Sebastian pour qu'il prenne quelques photos de moi, en train de me prélasser dans un parc du coin. De donner à manger aux canards, de pêcher... les choses habituelles pour un jour de repos dont il souhaitait inonder mon Instagram et celui de l'équipe. Il avait déjà travaillé un peu avec Vlad et son nombre de followers avait augmenté de plus de mille. Avec mon visage et la forte communauté latino, il espérait faire grimper mon nombre de followers et atteindre des sommets, ce qui permettrait ensuite à l'équipe d'être plus présente dans les médias. Cet homme avait des idées, pas seulement pour les réseaux sociaux, mais des choses plus profondes pour l'équipe que je n'arrivais pas à comprendre ou dont je me fichais. Je ne souhaitais que jouer au hockey et embrasser un certain Britannique plus âgé que moi.

Lorsque je me garai sur le parking, Seb et le photographe étaient déjà là. Ils trottinèrent tous les deux dans ma direction. Mon ventre se crispa quand Sebastian me sourit.

— Non, ne fais rien, dit-il en agitant la main en direction du grand homme avec la caméra dernier cri. C'est ce que je veux.

Il me montra du doigt alors que j'étais assis dans ma Jeep, décoiffé par le vent, et qu'un remix de Katy Perry et Daddy Yankee résonnait bruyamment.

Je compris différemment ce qu'il venait de dire. Oui, je savais que c'était ce qu'il désirait – moi – et je le désirais aussi. Il retroussa ses lèvres. Je m'assis au fond de mon siège, regardai le ciel bleu étincelant et laissai le photographe faire ce qu'il avait à faire. Nous passâmes toute la journée au lac. On me dit de m'asseoir, de me lever, de faire la moue, de sourire, de passer du temps au milieu des canards, de tenter de pêcher à main nue, de faire du kayak et de m'assurer d'interagir avec chaque fan qui m'approchait.

Le ciel était violet quand Steven Maxwell, le photographe, partit au volant de sa voiture sous le soleil couchant. Le parc fermait dans quelques heures et la plupart des visiteurs étaient rentrés dîner. Sebastian était assis à mes côtés, sur le sol, et nous étions adossés à un épais palmier. Nos orteils nus étaient au bord de l'eau. Il était interdit de patauger, mais se rafraîchir les orteils ? Aucune pancarte ne le défendait.

— Je suis rincé, annonça-t-il.

Je ricanai.

— Quoi ?

— Rien. J'aime ta façon de parler.

— Ah bon ? Et qu'aimes-tu m'entendre dire ?

Sa cuisse était à côté de la mienne, ses doigts entrelacés avec les miens, nos mains jointes dissimulées entre nous.

— C'est pour savoir, à l'avenir, quand je te ferai la cour.

— Eh bien, « faire la cour », c'est une première expression, répondis-je avant de glousser.

Il me donna un coup d'épaule.

— Hmm, voyons voir. Il y a bouiner, tête de nœud, charrier, croustille, barbe à papa, godasse, flanelle, gaufré et saucisse panée. Ça s'appelle un corn dog !

— Foutus Américains.

Il soupira.

— Hé, mexicano-américain, *novio*.

Il étira ses pieds. Il avait de longs orteils, joliment manucurés. Ses souliers chics étaient posés à côté de mes baskets.

— C'est un mot que je n'ai jamais entendu. Que signifie-t-il ?

J'hésitai, ne sachant pas vraiment pourquoi j'avais balancé ce mot si facilement.

— Euh, ça veut dire petit copain.

Son silence fut perturbant.

— Désolé, j'ai carrément foiré.

— Foiré ?

— Tu sais, comme quand tu veux frapper le palet, mais que tu le loupes totalement.

— Oh, euh, non, non, je dirais que tu as tapé dans le mille. J'essaie simplement d'encaisser l'impact comme je l'ai pris en plein crâne.

Merde. Merde. J'avais employé ce qualificatif trop tôt. Je lâchai sa main et me levai, la terre molle et fraîche sous mes pieds. Seb se leva également.

— Oublie ce que j'ai dit.

Je lui jetai un coup d'œil. Il était si beau, avec les dernières couleurs de la journée se reflétant sur son visage barbu. Je mourais d'envie de le toucher, d'incliner son menton, de lécher sa bouche, de le serrer contre moi.

— C'est juste que… il n'y avait pas de meilleur mot à employer.

Il caressa mon dos et posa la main sur ma hanche. Je me raidis et observai rapidement le lac. Il n'y avait personne aux alentours, du moins, personne n'était assez proche pour nous voir. Et il faisait de plus en plus sombre. J'avais vraiment besoin de son contact et je m'inclinai donc légèrement, juste assez pour appuyer ma hanche contre la sienne.

— C'est le mot parfait. Il désigne un homme avec qui tu as une relation romantique, répondit-il, ses doigts glissant sous mon haut pour se poser contre ma peau.

Un frisson me parcourut.

— C'est ce que nous vivons, n'est-ce pas ? Et avant que tu le mentionnes, les relations romantiques et le sexe sont deux choses particulièrement différentes. Tu peux coucher avec quelqu'un et ne pas être intéressé par une relation romantique avec ton partenaire sexuel.

— Bien sûr, je le sais.

Il m'attira contre lui, sa main passant autour de ma taille. Je dus lutter contre le besoin de me libérer brusquement, d'agir comme si j'étais vexé et de faire une blague stupide en affirmant que je n'étais pas queer. C'était si profondément incrusté dans mon âme. L'idée que je ne puisse jamais passer au-delà de ma terreur de devenir moi-même m'étouffait. Seb me contourna, se blottit contre moi et me prit dans ses bras. C'était si bon, si normal, si merveilleusement moi, d'être tenu par cet homme, que je baissai la tête pour déposer un baiser sur sa joue barbue. Puis sur son menton. Mes lèvres parcoururent ensuite sa bouche. Ce baiser fut doux et tendre, sous un arbre devant le lac. Je serrai mes bras autour de lui, l'embrassai au moins un million de fois et sentis Alejandro Trois briller comme l'une des étoiles précoces qui s'éveillaient au-dessus de nos têtes.

DIX

Seb

TRÈS BIEN, ALORS CE BAISER DANS LE PARC ? IL ME
retourna le cerveau plus que je ne voulais bien y penser.
Tout d'abord, nous avions été incroyablement bêtes de
faire ça en public, même s'il faisait sombre et que le parc
était désert. Et nous ne nous étions pas arrêtés au
premier. Non, nous avions continué, nous étions
retournés vers les arbres, son corps obéissant coincé
contre le mien et le tronc d'un immense magnolia
tentaculaire, et nous nous étions embrassés une éternité,
tout en enlevant les brindilles dans nos cheveux. Nous
ne nous étions arrêtés que lorsque j'avais eu une
crampe à cause de notre position gênante, et nous
étions tombés sur l'herbe en riant. Parce que, bon sang,
c'est marrant de se faire une crampe en s'embrassant,
ou du moins, c'était marrant ce soir-là. Il était parti,
désormais, et c'était le quatrième jour sur six d'un road
trip qui l'emmenait au Canada. Je n'avais jamais vu

quelqu'un d'aussi enthousiaste que lui à l'idée de partir avec son équipe.

Il était si excité que j'avais eu envie de lui courir après comme un fichu idiot. Je m'imaginais en train de courir après le bus, tentant aveuglément de monter à bord.

— Hé, réveille-toi, andouille !

Je bondis d'un kilomètre au-dessus de ma chaise et levai les yeux pour voir un Jason souriant dans l'embrasure de ma porte. Quatre ans en Angleterre et il se souvenait des meilleures insultes qu'il employait d'une voix forte avec un faux accent britannique, après quoi il finissait toujours par rire comme un abruti.

— Seigneur, marmonnai-je avant de lui jeter la première chose qui me tomba sous la main – un classeur vide sur lequel je notais un nom.

L'objet rebondit sur le mur à côté de lui et Jason ne tressaillit même pas.

— Il y a bien une raison, si tu n'as jamais fait de sport, tu sais, me fit-il remarquer d'un air impassible, avant de se glisser sur la chaise des visiteurs face à moi. Tu vises super mal.

Je ne pus laisser passer ça et lui lançai donc un pot entier de trombones, plusieurs se logeant dans ses cheveux.

— Je vise très bien, répondis-je en plissant les yeux et en le regardant, comme je m'attendais à des représailles.

Il secoua la tête et les trombones tombèrent par terre, mis à part l'un d'eux, qui s'accrocha à une boucle.

J'aurais pu le lui faire remarquer, mais ça n'aurait pas été aussi drôle. Il ne se vengea pas et se contenta de croiser les bras en me regardant.

Pourquoi me regarde-t-il ? Beaucoup de choses se passaient derrière ses yeux et j'attendis qu'il déballe le tout. J'avais l'habitude. Cam était le plus âgé et le plus calme, Mark était le cadet que je connaissais à peine, même si j'étais avec les Raptors depuis presque deux mois, et puis il y avait l'impétueux Jason, qui disait aux gens exactement ce qu'il pensait. Enfin pas vraiment, actuellement, avec son regard prudent et délicat.

— Nous devons parler de Garcia, commença-t-il.

Ma poitrine se comprima sous le coup du choc.

Je saisis mon soda pour dissimuler ma réaction alourdie par l'inquiétude et la culpabilité.

— Qu'est-ce qu'il a, Garcia ? demandai-je aussi calmement que possible.

Merde. Avions-nous tout gâché ? Les autres avaient-ils conscience de notre relation ? Pourquoi avais-je pensé que l'embrasser dans le parc était une bonne idée ? Je savais qu'il était déchiré entre deux mondes et je n'étais pas un homme de Néandertal. Je savais quoi faire.

Sauf quand tu as attiré ton homme dans les broussailles pour batifoler.

— Il faut que tu l'excites, déclara Jason.

Je faillis recracher ma boisson. Je la gardai plutôt dans ma bouche et avalai avant de poser le verre sur le bureau.

— Excuse-moi ?

— J'ai vu les photos de la séance que tu as organisée au parc, celles qui montrent le joueur de hockey qui aime pêcher et courir après un Frisbee.

Il s'éclaircit la gorge.

— Selon Yvonne, il portait trop de vêtements.

— Tant de choses déconnent, dans ta phrase, marmonnai-je.

J'étais soulagé que nous n'évoquions pas les secrets que je gardais.

— Non seulement ton épouse est bien trop vieille pour Garcia, mais tu ne demanderais pas à une femme d'enlever son haut pour vendre plus de tickets aux matchs de hockey, bordel.

Jason s'enfonça sur sa chaise, les joues rouges.

— Je sais, je sais, mais Yvonne a plus ou moins dit que tous les autres joueurs le font, comme sur des planches de surf tirées par des bateaux, et tu dois bien admettre que les hockeyeurs sont bien gaulés.

Il cligna des yeux en me regardant.

— C'est ce qu'Yvonne a dit, en tout cas, et tu es gay. Tu le remarques forcément, hein ?

— Dégage, dis-je avec force en désignant la porte. Et ne reviens pas avant d'avoir lu toutes les politiques contre le harcèlement que nous avons mises en place, dis-je d'un ton amusé.

Toutefois, je ne pensais qu'à Alex, qui était très beau, et à l'idée qu'il surfe avec tous ses muscles ondulés dévoilés. Je me retrouvai donc plus à l'étroit dans mon pantalon.

C'était particulièrement inapproprié.

— J'y vais, dit Jason en levant les mains. Comme je l'ai dit, ce n'était pas mon idée.

Ce trouduc me fit un clin d'œil et s'en alla en fermant la porte derrière lui. Je me concentrai sur le tirage contact d'une séance photo que nous avions effectuée avec le joueur le plus âgé de l'équipe, pendant qu'il jouait avec ses chiens au fond du jardin de son immense maison. Mais je n'arrivais pas à réfléchir, car ce que j'avais dit était vrai, de bien des façons, et pas seulement sur la chosification. Tout ce projet consistait à vendre les joueurs non pas en nous basant sur leurs capacités, mais sur le profil social.

Le truc, c'est qu'Yvonne avait trente-deux ans et donc quelques mois de plus que moi, seulement. Si elle était trop vieille pour Garcia, qu'est-ce que cela faisait de moi ? J'avais dix ans de trop pour le joueur de hockey avec des yeux magnifiques ?

Je devais sortir de mon bureau pour respirer et ce fut ainsi que je me retrouvai caché dans un coin du parking réservé aux employés, assis dans l'obscurité avec un autre soda entre les mains, alors que je songeais à mes choix de vie. Personne ne me voyait, ici, et si quelqu'un me remarquait, je lui dirais de partir. Mis à part Mark, qui me trouva, car, *vie de merde*, c'était à côté de sa voiture que je m'étais affalé.

— Oh. Salut, commença-t-il en me sortant si brutalement de ma rêverie que je renversais mon soda sur mon haut.

— Bonjour, répondis-je sans en dire plus.

— Je, euh… tu es…

Il me montra sa voiture, puis me désigna avant de pointer une nouvelle fois son doigt vers son véhicule.

Je me levai péniblement avant de m'épousseter, sachant que j'avais probablement abîmé mon pantalon de costume.

— Désolé, mec, dis-je avant de grimacer.

« Mec » était un mot que je pourrais utiliser avec un ami avec qui je traînais, mais pas au travail.

— Pas de problème.

Il fit mine de monter dans sa voiture et s'arrêta au dernier moment.

— Tu veux une bière ? Une partie du staff vient voir le match chez moi ce soir. Une bière ? De quoi grignoter ?

Je songeai immédiatement aux snacks d'urgence que j'avais achetés au World Market. C'était peut-être ce dont j'avais besoin pour changer d'état d'esprit un moment : regarder les Raptors lors de leur match contre Toronto en buvant une bière américaine bizarre et en mangeant des friandises de mon pays. Ou alors, je pouvais rentrer chez moi, regarder le match et m'inquiéter de ce que j'allais faire. Je me demanderais en même temps s'il était juste de continuer de fréquenter Alex et je m'obligerais aussi à arrêter de le trouver sexy dans sa tenue.

— Ça m'a l'air génial, acceptai-je. Envoie-moi l'adresse par message et j'apporterai de quoi grignoter.

Mark secoua la tête.

— C'est bon. On a un tas de trucs.

— Pas les bons trucs, répondis-je en souriant.

Mark ne répondit pas. Il alluma le moteur et s'en alla.

REGARDER le match chez quelqu'un d'autre, sur une immense télévision à écran plasma, ne m'empêcha pas de trouver Alex sexy. À vrai dire, il l'était encore plus sur grand écran. Chaque fois que la caméra se rivait sur Ryker, il était assis à ses côtés, tout rouge et alléchant. Mais au moins, là, avec une dizaine d'autres personnes, je pouvais me laisser prendre par la beauté du jeu rapide et dangereux.

— C'est quoi, ça, déjà ? demanda Mark en tenant la minuscule brindille comestible.

Il la toucha du bout de sa langue avant de reculer avec un air horrifié.

— Un Twiglet, expliquai-je pour la cinquième fois.

— Et c'est recouvert de… ?

Il agita la minuscule friandise et le dégoût sur son visage fut hilarant.

— D'extrait de levure, répliquai-je impassiblement, comme dans la Marmite.

Il haussa un sourcil.

— Et la Marmite, c'est… ?

Cette conversation tournait en rond.

— Mark, je te mets au défi de manger ce Twiglet.

Il fit rouler ses épaules et craquer son cou.

— Si je meurs…

Il poussa enfin cette friandise délicieuse dans sa bouche, mâcha deux fois et avala avant de rester planté là, l'air horrifié. Nous nous dévisageâmes un moment, puis il but la moitié d'une canette de bière avant de manger une poignée entière de Cheetos.

— Mec, dit-il en éparpillant des miettes au fromage orange partout, c'est nauséabond.

— J'aime bien, le contredit Doris depuis l'autre chaise.

Elle faisait partie de l'équipe de nettoyage. Mark et elle se retrouvaient souvent dans les coins pour glousser en partageant quelques plaisanteries. J'appréciais ses prouesses en dégustation de Twiglet.

— Alors, je te nomme Britannique d'honneur, annonçai-je avant de prendre une poignée de Twiglets pour moi.

Mark marmonna quelque chose qui ressemblait beaucoup à *ça le même goût qu'un cul*, mais il fut interrompu quand la pause se termina à la télévision et que nous reprîmes en pleine action.

Personne ne s'était attendu à ce que les Raptors l'emportent, ce soir. Nous étions contre une forte équipe de Toronto, qui avait déjà trente points de plus que nous à ce stade. Ils participeraient aux play-offs, sans aucun doute, à moins de merder. Qui savait ce qui pouvait se produire ? Enfin, alors que nous entamions les dix dernières minutes du troisième tiers-temps, avec le score de quatre à un pour Toronto, il était peu probable que nous l'emportions ici ou même que nous gagnions un point avec une égalité à la fin du « game », comme ils l'appelaient au Canada. Au hockey, si le nombre de buts était égal entre les deux équipes, ils revenaient jouer dix minutes supplémentaires ou quelque chose de ce genre en attendant que la première équipe marque un but de plus. Un truc comme ça. Pour être honnête, j'étais heureux d'être assis là, à manger des Twiglets, à boire de la bière et à reluquer Alex.

— Mon mec en costard, dit Mark en nous montrant l'écran. Vous avez déjà vu quelque chose d'aussi sexy ?

Doris jeta un Twiglet à Mark, mais nous étions tous trop captivés par l'action pour nous lancer dans une véritable guerre de nourriture. Dans tous les cas, je voyais quelqu'un de plus sexy et il s'appelait Alex.

— La ligne de Ryker est une nouvelle fois lancée, nous informa Mark alors même que nous regardions tous l'écran.

L'une des choses les plus sexy que j'avais vues était Alex sautant par-dessus les rambardes pour prendre sa place. Avec une concentration totale, une fluidité dans ses mouvements et toutes ces autres choses dont les commentateurs parlaient. Pour eux, Alex et Ryker composaient l'équipe de rêve. Ajoutez Jens et c'était cette ligne qui avait permis aux Raptors de marquer un point ce soir. Ils avaient gagné le surnom de « ligne qui a la RAJ », chose que je promouvais avec un hashtag sur Instagram ainsi que Twitter.

Ryker jouait comme s'il avait des fusées sur ses patins. Ses passes et accélérations entre Alex, Jens et lui suffisaient à me donner le vertige. Ils se rapprochèrent du but jusqu'à ce que l'un des mecs de Toronto s'écrase contre Alex et le pousse dans le Plexiglas.

— C'est quoi ce délire !? hurlai-je.

Mais ce n'était pas grave, car à côté de moi, Mark jurait à cause des actions de l'autre équipe. Toronto avait le palet, le transmettait à ses attaquants. La caméra les suivait, mais tout ce que je souhaitais, c'était voir si Alex avait réussi à se relever. Était-il blessé ? Où était-il ?

— Merde, vous voyez ça ? dit Mark en se levant.

Je l'imitai, sachant que si je pouvais voir à côté de l'image transmise à la télé, je verrai Alex. Il n'était pas allongé sur la glace, il n'était pas blessé. Bon sang, il était maintenant au centre de l'écran. Il vola le palet, se redressa sur ses patins, le passa à Ryker qui, tourmenté par deux joueurs, patina en arrière. Ce dernier avança ensuite.

— Go, go go, hurla Mark pour les encourager bien qu'ils ne nous entendent pas.

Le bruit provenant de la télévision était assourdissant. Toronto était mécontent et les fans des Raptors hurlaient leurs encouragements.

— Ryker tente sa chance ! hurla Mark.

Nous nous rapprochâmes de la télévision, des Twiglets croustillant sous mes pieds alors que je passais du désespoir, à l'inquiétude, à l'euphorie.

Ryker attira les deux défenseurs vers lui. Il joua avec le palet et s'arrêta subitement sur la glace avant de changer de direction pour accélérer en un instant. Alex était démarqué. Il y avait de la place. Les défenseurs n'avaient aucune chance et le gardien observait l'action qui se passait à sa gauche.

Au tout dernier moment, Ryker lança le palet à Alex,

qui ne bougea même pas. Il inclina sa crosse et le palet entra dans le filet. La lumière s'alluma, une sonnerie résonna et, subitement, nous n'avions plus que deux buts d'écart, avec au moins huit minutes sur l'horloge.

Mark m'étreignit et nous dansâmes en tournant en rond, comme si les Raptors avaient remporté la coupe alors qu'en réalité, ce n'était qu'un but qui n'aurait probablement aucune signification si nous n'en mettions pas deux de plus. Bien sûr, ce ne fut pas le cas, mais bon sang, nous avions brillé quelques secondes et même le coach paraissait fier de la ligne de Ryker. Il leur tapota l'épaule. Je vis le sourire d'Alex depuis l'écran de télévision, ainsi que la sueur sur son visage et sa délectation pure quand ils se replacèrent.

Mon homme était drogué au hockey et bon sang, je le comprenais totalement.

LES DEUX JOURS suivants furent atrocement difficiles. Non pas parce que les clichés pris dans le parc inondaient les réseaux sociaux – ce qui signifiait que l'image d'Alex était au centre de tout ce que je faisais –, mais parce qu'il me manquait. J'avais envie de le serrer contre moi, de l'étreindre et de faire du monde un endroit sûr pour lui. Il m'envoya un SMS quand ils partirent.

Faut qu'on parle. Atterris à une heure.

Voilà tout ce qu'il dit. Pas de baisers, pas d'explication, rien, et mon cœur plongea dans mes talons. Peut-être qu'en étant si loin pendant aussi longtemps, il avait pris du recul et avait décidé qu'il ne pouvait pas aller plus loin avec moi. Je ne lui en voulais pas. Il était un joueur sur une pente ascendante, avec une réputation à laquelle se conformer, et une famille qui s'attendait à certaines choses de sa part. J'étais un mec plus âgé qui ne vivait même pas aux États-Unis. Je rentrerais à la maison et nous serions séparés par un océan entier.

Je lui envoyai une réponse pour lui dire que je passerais le prendre chez lui, et j'ajoutai un *x* pour qu'il sache que, peu importe ce qu'il avait à me dire, je le rejoignais avec espoir, au moins. Puis je supprimai le *x*. Et je le remis. Je soupirai, fermai les yeux et laissai mon pouce parcourir la courte distance jusqu'au bouton « envoyer » au milieu. Le message était parti avec un *x* à la fin.

Puis, comme j'étais britannique, je commençai à m'inquiéter et me préparai donc une tasse de thé. Je terminai le paquet de Digestives en sirotant ma boisson chaude près de la piscine. Jason sortit avec une bière aux alentours de vingt-trois heures et nous discutâmes indifféremment de banalités. Il était désormais une heure trente et je me disais qu'Alex devait probablement être revenu de l'aéroport, à présent.

Il m'attendait devant chez lui, un sac marin sur son épaule. Il était bien trop sexy pour avoir le droit de sortir à cette heure de la nuit. Je me garai. Il monta dans la voiture, mit sa ceinture et lança son sac à l'arrière de mon véhicule de location. Il agissait dans une telle urgence qu'il en devenait maladroit. Il me fit ensuite face et me parla alors que la lumière à l'intérieur de l'habitacle s'éteignait.

— Je ne veux pas faire un tour dans le désert, annonça-t-il avant de marquer une brève pause.

Il mettait fin à notre histoire. Je le sentais jusque dans mes os.

— On devrait trouver une chambre, dit-il hâtivement.

Je passai d'une triste acceptation à la surprise en un instant.

— Excuse-moi ?

— Une chambre, dit-il en se tournant pour regarder devant lui. J'ai emprunté des trucs dans la salle de bain de Ryker. Il l'ignore. Je veux savoir que tout ça est réel et nous avons besoin d'une chambre pour discuter.

— Discuter ?

— Hors de la ville. Dans le désert, trouve un endroit, arrête-toi, réserve une chambre, discutons et faisons peut-être plus. Maintenant, vas-y, dit-il en posant une main sur la mienne.

J'avais l'impression qu'il était nerveux, comme si nous avions vraiment besoin de parler de sujets profonds, d'observer les ramifications de sa suggestion et peut-être même de faire un pas en arrière dans le but de trouver un moyen de nous calmer.

Néanmoins, quand je réservai la chambre, après avoir roulé une heure pendant laquelle nous parlâmes de hockey et en particulier du match contre Toronto, ce fut lui, qui ferma la porte à clé derrière nous.

ONZE

Alex

Je n'avais jamais rien fait de tel, auparavant.

Bien sûr, j'avais fantasmé à ce sujet, j'étais même allé jusqu'à me masturber en y pensant. Ce qui était un autre péché et je devrais donc me confesser, mais je ne comptais pas le raconter au Père Delgadillo ni lui dire ce qui pourrait se passer ce soir, ici, dans ce lit. Je commençais à être sous l'emprise d'une crise de foi. J'ignorais si j'en étais heureux ou triste, mais j'étais content d'être ici, dans ce motel miteux, à regarder Sebastian scruter le papier peint de mauvais goût. J'avais entendu des rumeurs sur cet endroit, grâce à des bruits de couloir à la patinoire, et c'était la raison pour laquelle je l'avais suggéré. En réalité, l'aspect infâme du Gila Monster Motor Court surpassait grandement les murmures sordides que s'échangeaient les Raptors.

— Alors, dis-je en jetant mon sac sur le sol.

Ma résolution à *être* avec Sebastian ce soir, dans le sens biblique de la chose, commença à faiblir légèrement lorsque son regard quitta le large lit pour vaciller vers moi. Il avait de si beaux yeux.

— Eh bien, cet établissement semble un peu louche, déclara-t-il en agitant une main bien manucurée en direction du lit, du mur, de la salle de bain et du plafond.

Il décrivit un large cercle en haussant un fin sourcil.

— Sommes-nous sûrs de vouloir discuter ici ?

— Les mecs disent que cet endroit est discret.

Je tirai sur le nœud de ma cravate avant de la libérer de mon col.

— Tu es sûr d'avoir bien compris ? Peut-être qu'ils ont dit *dégoûtant* et que tu as cru qu'ils avaient dit *discret*.

Il croisa les bras, inclina une hanche et me lança un regard qui me fit sourire – rien qu'un peu.

— Non, le mot était *discret*. Comme quand tu veux faire quelque chose de secret avec quelqu'un sans que le monde entier le sache…

— Ah oui, donc un paradis de l'adultère.

— Des prostituées, aussi.

Je retirai ma veste de costume et la jetai sur une chaise miteuse dans un coin.

— Oui, bien sûr.

Il soupira, comme le Britannique qu'il était.

— Il vaudrait peut-être mieux que nous discutions dans les toilettes pour hommes de ce relais routier devant lequel nous sommes passés. Elles sont probablement plus propres.

— Ce n'est pas si mal.

Je commençai à déboutonner ma veste de costume, faisant de mon mieux pour avoir l'air indifférent et complètement cool. Dommage que mes mains tremblent tant, au point de ne pas réussir à ouvrir le premier bouton.

— Alex, c'est à quel propos, tout ça ?

— Du sexe. C'est à propos du sexe ! *Estúpido botón de mierda* ! m'agaçai-je.

Je tirai et fis voler le bouton à l'autre bout de la pièce. Il heurta une horrible peinture représentant une femme sur la plage qui adressait un signe de la main à un bateau, puis il tomba sur la moquette usée.

— Génial. Pfff, je vais devoir le recoudre, maintenant.

Sebastian avança dans ma direction, écarta mes mains posées sur ma chemise et commença lentement à faire passer le bouton suivant dans son trou, tout en maintenant son regard rivé sur mon visage. Ma respiration devint tremblante. Lorsque le bouton fut libéré, un terrible frisson me parcourut.

— J'ignore si tu es aussi prêt que tu le crois.

Je saisis l'arrière de son crâne, attirai sa bouche sur la mienne, et l'embrassai en le poussant contre le mur le plus proche. Il couina légèrement quand son dos heurta le cadre de la porte. Ou peut-être que ce petit geignement était en réaction à mon sexe appuyé contre son pelvis. Je léchai sa bouche, frottai mon érection contre lui et suçai sa langue jusqu'à ce qu'il commence à fondre. Puis je mis fin au baiser.

— Je suis prêt.

Je me frottai contre lui et fis un petit pas sur la gauche afin d'aligner nos verges. Je manquai de m'effondrer quand mon sexe roula sur le sien. Je plongeai sur sa bouche afin de le goûter à nouveau dans un baiser plus long et plus mouillé qui nous laissa tous les deux tremblants et essoufflés.

— Tu vois comme je suis prêt.

Il glissa les mains dans mon dos et m'attira vers lui.

— Pourquoi es-tu si prêt, maintenant ? Qu'est-ce qui a changé ? Je ne coucherai pas avec toi avant que tu sois sûr d'être prêt, et pas seulement sur le plan physique. Tu dois être disposé à cent pour cent et préparé, pour que ça arrive.

— Je le suis, je le jure. Pourquoi tu te comportes comme ça ? Je sais que tu me veux.

Je donnai un coup de reins contre lui. Il prit une brusque inspiration, ses doigts s'enfonçant désormais dans mes omoplates. Je chancelai au bord d'un orgasme.

— Oui, évidemment, beaucoup. Mais, Alex, notre relation n'est pas digne d'une baise rapide dans un hôtel minable. Tu es…

— Si tu dis « puceau », je pète un câble. Je le pense vraiment. J'en ai assez d'être le seul dans le vestiaire qui s'accroche à une chose en laquelle je ne suis même plus sûr de croire totalement ! Pourquoi devrais-je laisser l'Église me dicter quoi faire alors qu'elle ne s'intéresse même pas à moi ? Pourquoi devrais-je suivre un quelconque code moral de conduite démodé ? Et pourquoi devrais-je me préoccuper de ce que ma famille pense de ce que je fais puisque, quand ils découvriront que je suis gay, ils me tourneront le dos ? Dis-moi pourquoi je devrais me *préoccuper* d'eux et de leurs règles !

Il cligna des yeux, évidemment interloqué par la colère qui m'avait submergé. Je reculai de quelques pas, le laissant contre le cadre de la porte. Je m'affalai au bord du lit. Honnêtement, j'étais secoué de m'être autant emporté.

— Je suis désolé.

Je toussai, posai mes coudes sur mes genoux alors que je faisais de mon mieux pour chasser la rancœur et la confusion de mon âme.

— Je voulais que ce soit à propos de nous, de notre connexion sur un plan adulte. De mon envie de devenir un homme.

— Coucher avec quelqu'un ne fait pas de toi un homme.

— Qu'est-ce qui le peut, alors ?

Je levai les yeux vers lui. Il tira sur son haut avant d'avancer vers le lit à pas feutrés. Lorsqu'il s'assit à mes côtés, je le laissai m'attirer contre son flanc.

— Tant de choses.

Sa voix était douce et calme. Ses doigts étaient posés sur mon épaule.

— Ta façon de traiter les autres, évidemment. Le respect pour tes aînés, ta gentillesse envers les animaux et les plus faibles que toi, ta compassion. Ton intégrité, ta confiance, ton sens de l'humour, ta loyauté, ton empathie. Ta franchise, ton honnêteté, ton comportement de gentleman. Je te parie que si tu avais posé cette même question à un homme il y a cinquante ans, la réponse aurait été bien différente.

— Je n'ai pas du tout confiance en moi, marmonnai-je alors que j'avais l'impression que quelqu'un m'avait une nouvelle fois jeté dans un mixeur.

— Je ne suis pas d'accord. Je t'ai vu sur la glace et en dehors. Tu as une grande confiance en tes capacités.

— Il y a plus important que le hockey, dans la vie. Comment puis-je être une telle loque ?

Il glissa une main derrière ma nuque, sa poigne se raffermissant pour masser mes tendons raides.

— Tu n'es pas du tout une loque et, si j'ose dire, tu possèdes un bon nombre de ces traits virils. Ce que tu es en train de vivre, c'est comme des douleurs de croissance. Nous les avons tous, mais c'est parfois plus difficile pour un homme gay de comprendre ce qu'il est, où il doit aller dans la vie. Être élevé dans une famille dévote rend ton périple bien plus difficile.

— Avant, je trouvais beaucoup de force dans l'Église, mais à présent…

Il se pencha juste assez pour que sa tête repose contre la mienne. Ses doigts ne cessaient de masser les muscles durs comme de la pierre dans mon cou et mes épaules.

— Tu pourrais peut-être te renseigner pour rejoindre une autre église. Un endroit plus ouvert et accueillant que l'actuel semble l'être avec notre communauté, suggéra-t-il.

Je marquai mon incrédulité totale d'un bruit. Quitter

l'église ? *Dios nos salve.* Ma mère et ma grand-mère mourraient sous le coup du choc et de leur cœur brisé.

— Ce n'était qu'une suggestion. Je sais que ta foi est importante pour toi.

— En quelque sorte, oui. Elle serait plus forte si je me sentais le bienvenu, confiai-je.

C'était la première fois que je me confessais depuis des mois.

Aussi alarmant que ce soit, cela ne m'agaçait pas autant que cela le devrait. Je *pourrais* peut-être trouver un autre lieu de culte. Un endroit qui m'accepterait comme je suis. Alejandro Ricardo Santos-Garcia. Un joueur de hockey gay avec un petit ami britannique merveilleux. Je décalai suffisamment ma tête afin de pouvoir appuyer mes lèvres contre sa joue. Cette douce barbe qu'il soignait d'une main si experte frotta contre ma bouche. Mon Dieu, j'adorais cette sensation. Il laissa ses yeux se refermer. Il caressa lentement mon cou avant de s'arrêter. Il fit rouler sa tête, sa bouche cherchant la mienne. Le baiser, qui était doux et empli de désir, devint une passion dévorante en quelques secondes. Le feu brûlait. Je n'arrivais pas à le contenir et je n'en avais vraiment pas envie. Sebastian prit les rênes, cette fois-ci, me poussant contre le lit. Ses inquiétudes concernant les punaises de lit furent manifestement oubliées alors qu'il mordillait ma mâchoire jusqu'à mon cou pendant que ses doigts agiles travaillaient sur les minuscules boutons agaçants.

— Ahhh, merveilleux, m'exclamai-je quand sa main

écarta les pans de ma chemise pour tomber sur mon torse nu. Donne-m'en plus.

Il s'exécuta. Avec des contacts tendres et des caresses renversantes, nous découvrîmes nos corps, petit à petit, retirant chaque vêtement après l'autre avant de nous goûter et de toucher la peau exposée. Nous nous décalâmes sur le lit, roulant l'un sur l'autre, nos bras et nos jambes emmêlés alors que nous n'étions plus qu'en boxer. Je souhaitais tant de choses. J'avais envie de lui, de son corps, de son sourire, de sa peau chaude appuyée contre la mienne. J'avais envie de tout ça, mais j'ignorais comment le demander. Sebastian le savait. Curieusement, il savait comment m'aimer et m'encourager à demander ce dont j'avais le plus besoin.

— Là, oui, plus haut, plus lentement. Embrasse-moi maintenant. Laisse-moi goûter ton épaule.

De douces et simples supplications nous menèrent plus haut, encore plus haut. Nos respirations étaient tremblantes et nos verges suintaient.

— J'adore ton goût, ronronna-t-il.

Il me lécha jusqu'à mon ventre, ses mains de chaque côté de ma taille.

Je me cambrai, impatient, comme un jeune étalon qui arriverait au milieu de juments sans savoir comment procéder, mais avec une envie frénétique d'agir, même si ce n'était pas moral. Non, ce n'était pas immoral. Sebastian ferait en sorte que ça ne le soit pas. Il se glissa entre mes jambes, son regard me brûlant quand il se posa sur le mien. Il glissa ensuite ses lèvres sur la longueur rigide de ma verge. Même au travers du coton fin, la sensation fut incroyable.

— Dépêche-toi, merde…

Je sentis le picotement dans mes testicules.

— Pense au hockey, murmura-t-il.

Il poussa mon sexe avec son nez et le releva pour qu'il soit collé contre mon ventre. Je tremblai et jurai en espagnol quand il libéra l'extrémité de ma verge, le gland suintant dépassant de l'élastique de mon boxer bleu.

— Pense à tout, sauf à ce que je suis en train de faire.

Ses bras posés sur moi, il saisit mon gland entre ses lèvres. Je me cambrai, comme un jeune cheval inexpérimenté. Je relevai les hanches et saisis l'horrible couvre-lit vert. Mon Dieu, il était bon, si bon, si *incroyablement* bon. Il suça, se servant de l'extrémité de sa langue pour appuyer contre la fente, puis relevant le menton pour exposer davantage mon sexe. Chaque centimètre libéré fut avalé jusqu'à ce qu'il m'ait pris jusqu'au fond de sa gorge. Je jouis bien trop vite, l'explosion blanche de plaisir commençant à la base de ma colonne vertébrale avant même que je puisse crier pour avertir Sebastian. Celui-ci gémit quand j'emplis sa bouche et il avala avidement. Il posa les mains sur le bas de mon ventre et appliqua une légère pression alors que je gigotais et frissonnais sous lui.

— Bon sang… ah bon sang, haletai-je.

Mes membres étaient comme de la gelée et mon crâne, rembourré. Sebastian remit ma verge épuisée dans mon boxer, grimpa au-dessus de moi et s'allongea de tout son long corps mince sur moi.

— C'était… tu es merveilleux.

— Tu t'es déjà goûté sur la langue d'un autre homme ?

— Non, jamais…

Une vague de sauvagerie sexuelle me submergea.

— J'en ai envie, ajoutai-je.

Je glissai une nouvelle fois mes mains dans ses cheveux avant de guider sa bouche vers la mienne. Il lécha ma lèvre inférieure avant de glisser sa langue dans ma bouche et d'étaler mon goût sur mes papilles. J'adorais son goût, le nôtre, le mien sur sa langue. Il balança ses hanches contre mon ventre, son érection me rappelant durement qu'il n'avait pas été soulagé. Je retirai une main de ses cheveux et la glissai entre nous pour la passer dans son boxer. Il siffla lorsque j'empoignai son pénis. Je caressai sa longueur, appréciant le doux poids dur comme de l'acier qui glissait dans ma paume.

— Oh, c'est agréable, chuchota-t-il contre ma bouche alors que je décrivais des va-et-vient. Plus serré, hmm, oui, maintenant plus fort… plus fort… ah merde, oui. Exactement comme ça.

Lorsqu'il jouit, son visage était plongé dans mon cou. Mes yeux étaient fermés. Son pénis palpitait dans ma main, recouvrant mes doigts de semence chaude. Il donna des coups de reins affolés pendant un moment, se servant de son sperme comme d'un lubrifiant. Son sexe laissait échapper de plus en plus de sperme à chaque mouvement frénétique. Je grognai en même temps que lui. Son poids s'affala sur moi l'espace de quelques instants, tandis que nous redescendions tous les deux de notre extase. Il leva ensuite la tête et posa sa bouche sur la mienne. J'explorai ses lèvres, tout en fondant sur les couvertures, ma main figée entre nous. Son sperme refroidissait entre mes doigts.

— Tu as aimé ? demanda-t-il d'une petite voix, ses lèvres roses et mouillées après nos baisers.

— *Dios, si*. Mon Dieu, oui, tellement. Tellement...

— Moi aussi, tellement.

Il me donna un autre baiser avant de s'éloigner de moi et de rouler pour se relever. Je m'assis, ma main couverte du liquide poisseux, puis je me levai.

— Prenons rapidement une douche, si nous l'osons.

Nous nous faufilâmes dans la salle de bain comme si un tueur en série ou un cafard de deux mètres se dissimulait dans la douche. Il n'y avait rien. Et étonnamment, la salle de bain était assez propre. Suffisamment pour moi, en tout cas. Sebastian émit de nombreux bruits désapprobateurs en regardant les serviettes et les toilettes qui gargouillaient. J'étais dans les vapes et je rayonnais bien trop pour faire les mêmes bruits de mécontentement qu'une maman. La douche était à peine assez grande pour moi, imaginez donc pour nous deux. Néanmoins, une fois que nous nous glissâmes à l'intérieur et que nous tirâmes le rideau autour de nous, cet espace clos sembla parfait.

— On aurait dû choisir une suite de meilleur goût pour notre premier rendez-vous, dit-il en faisant mousser mes cheveux avec le shampoing bon marché du motel.

Je grognai en guise de réponse, trop impliqué dans mon rôle d'amant satisfait pour parler. J'étais tellement amoureux. Tout, chez lui, chez nous, dans cette chambre, cette douche et ce shampoing qui sentait le produit au citron avec lequel *Abuela* lavait ses sols… tout était parfait. Ses doigts massant mon crâne, la sensation de son corps nu collé contre le mien.

— Quelque chose comme le Tucson Century Towers. Cinq étoiles, de gigantesques chambres avec de superbes équipements. C'est là que nous aurions dû faire l'amour.

— Peu importe où c'était, ça s'est produit.

Je tournai mon visage vers le jet d'eau, souriant quand les bulles me chatouillèrent en glissant sur mon visage, mon torse et mon dos. Sebastian m'embrassa juste sous le jet. Je battis des paupières avant d'ouvrir les yeux pour le regarder.

— Oui, tu as raison. Tout ce qui compte, c'est que c'était avec toi et que tu as trouvé ça merveilleux.

Il posa les mains de chaque côté de mon visage et se servit de son pouce pour enlever un peu de mousse.

— Tu es incroyablement spécial. À mes yeux, en tout cas. Et je serais fier d'être connu comme ton petit ami quand le moment se présentera, s'il se présente. Tu es un homme si passionné, aimant et dévoué.

Je passai les bras autour de lui, l'embrassai ardemment et plaçai ma jambe entre les siennes. Ses mains se posèrent sur mes fesses, les miennes trouvèrent ses épaules, et avant que je m'en rende compte, nous nous frottions l'un contre l'autre, nos verges auparavant molles désormais dures comme de l'acier. Il me colla contre un coin de la douche, prit nos membres dans sa main et nous mena vers une frénésie mouillée et torride. Je n'arrivais pas à quitter des yeux nos sexes appuyés l'un contre l'autre, glissant et se heurtant. Grognant, je posai ma main autour de la sienne. Nous jouîmes tous les deux à nouveau. Nos bouches fusionnèrent et l'eau emporta notre sperme dans le siphon. Ma main était posée sur ses fesses et la sienne, appuyée contre la cabine de douche à côté de ma tête.

— Eh bien, *ça*, c'était inattendu.

Il gloussa avant d'embrasser mon menton.

— Il vaudrait mieux qu'on arrête de jouer ici. L'eau chaude commence à devenir tiède.

Je souris comme un idiot.

— J'adore ta façon de parler.

— J'aime aussi ta façon de parler. Maintenant, sois un gentil bougre et savonne-moi le dos.

Nous nous douchâmes hâtivement, car, comme il l'avait noté, l'eau devenait de plus en plus froide. Nous nous habillâmes dans la chambre après avoir localisé nos vêtements qui avaient été jetés dans toute la pièce. Il préféra ne pas remettre son boxer, comme il avait joui dedans.

— Je le jetterai à la poubelle en rentrant chez moi. Je refuse de rincer du sperme séché sur mon boxer. La vie est trop courte.

Il roula son sous-vêtement en boule avant de le mettre dans la poche avant de son jean. Il dépassait légèrement, mais quelle importance ? Les prostituées présentes dans toutes les autres chambres réservées à l'heure ne nous prendraient pas de haut, j'en étais presque convaincu. Cette pensée me fit glousser intérieurement. Je soupirai ensuite, ce qui me valut un coup d'œil curieux de Sebastian, qui s'était assis sur le lit pour glisser ses pieds dans ses mocassins en cuir italien.

— Je me disais juste que les prostituées, de chaque côté de cette chambre, se ficheraient totalement que ton boxer pende de ta poche, même si nous sommes deux mecs qui viennent de prendre leur pied deux fois.

Je levai deux doigts avant de remettre ma ceinture.

— Mais si ma mère nous voyait sortir d'ici, avec cette allure-là, elle nous regarderait d'un air jugeateur épique, comme si c'était la fin du monde.

— Je ne suis pas sûr que « jugeateur » soit un mot, mais je vais laisser couler, parce qu'il correspond parfaitement, dit-il en se levant. Tu as déjà discuté avec ta famille de ce qu'ils pensaient des gays ?

— Pff, non, je vois comment sont mes cousins. Tu ne connais pas encore très bien la culture latino. Fais-moi confiance. Quand tu en feras l'expérience, tu diras « ah, d'accord, maintenant je vois ce dont Alejandro parle » !

— Je ne faisais pas référence à tes cousins. Tous les jeunes hommes sont idiots, sauf la personne qui me tient compagnie actuellement, évidemment, donc tu peux arrêter de hausser les sourcils. Ce que je veux dire, c'est : as-tu déjà parlé d'homosexualité avec tes parents ou ta grand-mère ? Ils pourraient te surprendre.

— Non, j'en doute.

— Peut-être que tu devrais aborder le sujet, un jour, rien que pour tâter le terrain.

Je haussai les épaules, glissai les bras dans ma veste et récupérai mon sac. Je n'y avais pas touché, ce que j'avais volé à Ryker n'avait pas été utilisé, ce qui était à la fois décevant et pas vraiment. Ce que nous avions fait, la discussion suivie de ces ébats amoureux, avait été parfait. Un jour, nous en viendrons à d'autres choses, des choses pour lesquelles nous aurions besoin de *trucs*, mais pour l'instant, j'étais heureux. Tellement heureux. Sebastian ouvrit la porte et sortit sur le trottoir. Je me précipitai vers lui, l'attrapai par la taille et plantai un baiser fiévreux sur ses lèvres sexy.

— C'est quoi ce délire ? demanda-t-il.

Sa voix était chargée d'hilarité alors qu'il me soulevait et me collait contre le mur de briques sales entre notre chambre et la chambre voisine.

— Je suis heureux, c'est tout, lui avouai-je.

Ses lèvres trouvèrent les miennes. Je m'accrochai à lui comme les clématites roses de *Mamá*.

Une porte s'ouvrit sur notre gauche. J'arrêtai d'embrasser Seb suffisamment longtemps pour jeter un coup d'œil en biais. Toute ma joie s'évanouit.

— Le monde est petit, hein, Garcia ? demanda le coach Carmichael en posant nonchalamment un bras sur l'épaule de Mark Westman-Reid.

DOUZE

Seb

———

Pour une curieuse raison, je m'étais rapidement placé entre le coach et Alex. Comme si cela allait changer le fait que la personne responsable du poste de mon petit ami dans l'équipe se tenait ici, avec un regard inquisiteur et une marque de brûlure causée par la barbe de son compagnon dans son cou. Mark était bouche bée. Il ferma ensuite la bouche et commença à reculer en traînant des pieds et en attirant l'entraîneur.

— On y va, Rowen, murmura-t-il.

Néanmoins, le coach Carmichael était immobile.

— Alex ? l'appela Rowen d'une voix à la fois gentille et encourageante.

Alejandro resta derrière moi et je l'entendis marmonner un juron en espagnol. Le coach soupira.

— Trente-quatre, viens au centre, renchérit-il d'un ton plus ferme.

Alex se mit alors en mouvement et désormais, c'était lui qui se tenait entre son entraîneur et moi.

— Coach, murmura-t-il misérablement.

Je ne pouvais concevoir la panique qui régnait dans sa tête. Il devait être en train d'imaginer le pire. Nous restâmes tous plantés là, sans rien dire, pendant bien trop longtemps.

— Que faites-vous là, tous les deux ? lançai-je, bien que ce soit évident.

J'avais uniquement parlé, car je détestais éperdument les silences et que ces deux-là ne se disaient rien.

— Notre anniversaire, marmonna Mark.

Il n'arrivait pas à croiser mon regard. Étant donné que les deux hommes étaient dans une relation sérieuse, j'aurais cru qu'un anniversaire impliquerait quelque chose de beaucoup plus excitant qu'une chambre dans ce taudis.

— C'est un sujet personnel et privé, dis-je d'une voix suffisamment forte pour attirer l'attention de Rowen. Allons-y, Alex.

Si j'avais cru que cela fonctionnerait, j'étais un véritable ignare.

Mon petit ami se crispa. Rowen secoua la tête et Mark grimaça, comme pour signifier que ma déclaration était déplacée. Qui pouvait bien savoir comment fonctionnait cette relation entre joueur et coach ? Suggérer que nous partions n'avait pas été une bonne idée.

Rowen s'éloigna de Mark et se rapprocha d'Alex, qui – il fallait bien le lui accorder – ne bougea pas un muscle. À vrai dire, il se contenta d'incliner le menton.

— Alex ? demandai-je dans ma barbe. Tu veux y aller ?

— C'est bon, Seb.

Mentalement, je me mis en retrait. C'était un moment vital pour Alex et il n'avait peut-être pas besoin que j'interfère.

Rowen tendit la main vers son joueur et la passa derrière son crâne. Je me raidis, attendant qu'ils entament leur discussion. Cependant, l'entraîneur se contenta de poser son front contre celui d'Alex et de soupirer.

— C'est bon, dit-il avant de reculer.

— Non, ça ne l'est pas, rétorqua Alex. Je ne peux pas faire ça. Je ne peux pas être *ça*, dit-il en me jetant un regard frénétique.

Merde. Que pouvais-je faire ? Que pouvais-je dire pour arranger tout ça ? Nous étions tous choqués, Mark était silencieux, Rowen était pensif et Alex était aussi raide qu'un piquet. Quant à moi, je battais mentalement des ailes comme un oiseau affolé, mais j'étais d'apparence calme.

— Allons boire un café, intervint enfin Mark. Suivez-nous.

Ils rejoignirent leur voiture, une Maserati élégante garée devant ce motel merdique, cachée derrière de grands buissons où nous n'aurions jamais pu la voir. Je n'arrivais pas à croire qu'elle n'ait pas été volée. Bon sang, c'était une putain de Maserati au milieu de dix autres voitures et la plupart étaient des véhicules de location ou de vieux modèles qui tenaient à peine en un seul morceau. Nous avançâmes également, mais tout soupçon de proximité ou de connexion s'estompa. Je ne ressentais plus que la honte d'Alex et elle me faisait souffrir. Il attacha sa ceinture et je m'engageai sur la route derrière la Maserati. J'avais envie de dire quelque chose de malin et d'important, une phrase qui chasserait toute la tension de mon petit ami, comme si la rencontre malheureuse n'avait jamais eu lieu.

— Tu veux que je les suive ? demandai-je après un moment.

— Oui, murmura Alex.

— Nous ne sommes pas obligés, tu sais. Tu n'es pas à la patinoire, tu ne portes pas ta tenue, Rowen n'est pas ton coach pendant ton temps de repos.

Il me lança un regard incrédule, comme si je venais tout juste de suggérer quelque chose d'abominable.

— Tu ne comprends rien, me cracha-t-il.

Nous restâmes ainsi silencieux pour le reste du trajet alors que je songeais à la fin malheureuse de tout ça. Je m'engageai dans l'allée d'une maison individuelle modeste, entourée d'herbe et de fleurs. J'ignorais à qui elle appartenait, mais visiblement, nous n'irions pas boire notre café à Starbucks.

J'avais envie de faire comprendre à Alex que j'étais de son côté et je choisis donc malheureusement d'enchaîner sur la dernière chose qu'il avait dite.

— Peut-être que je comprends en partie ce que tu ressens…

— Quoi ? Je parie que *tu* avais une foutue famille parfaite qui a accepté ton homosexualité comme si tu leur avais demandé, l'air de rien, s'ils pouvaient te passer le plat de patates. Je parie que tu n'avais pas une mère qui s'usait les doigts jusqu'à l'os pour sa famille et qui priait chaque nuit pour ta putain d'âme éternelle. Ou un père qui travaillait à chaque heure que Dieu fait pour nourrir ses enfants et qui voulait que tu formes le prochain couple puissant du hockey avec une putain de blonde parfaite à ton bras. Je parie que personne ne t'aurait trouvé stupide si tu avais eu un B à une putain de dissertation sur les implications des Révélations de cette satanée Bible ! Sans parler du fait que ta fratrie ne t'a sans doute pas mis dans la case du joueur de hockey superstar et hétérosexuel. Oh, et je *sais* que tu ne peux pas avoir de cousin ayant engagé une prostituée le jour de ton quatorzième anniversaire pour t'enseigner quelques ficelles ! Ils veulent tellement de choses de ma part et ça me tue. Je ne suis pas du tout comme toi. Alors, dis-moi, comment peux-tu comprendre le stress que je subis ?

— Tu as raison. Ma mère s'est montrée compréhensive quand je lui ai annoncé que j'étais gay, lui expliquai-je en éteignant le moteur.

Alejandro ne se tourna pas vers moi.

— Mais elle m'a dit à ce moment-là que ce que j'étais n'avait aucune importance tant que je devenais quelqu'un. La pression d'être parfait, même dans une maison emplie d'amour, peut être étouffante. Et tu sais quoi ? Je n'ai jamais connu mon père. Il a été affecté à un poste aux États-Unis quand ma mère était enceinte. Il a dit qu'il l'épouserait et qu'il la rapatrierait. En vérité, il l'a abandonnée avec sa malheureuse grossesse. Le salopard. À vrai dire, ma mère vivait sur un canapé, dans la maison de ma tante Olivia, mais quand je suis né, nous avons obtenu notre propre HLM, pris en sandwich entre plusieurs membres de gangs de drogue rivaux.

Il se tourna alors pour me regarder.

— Seb...

— Tu crois que ma vie a été facile ? J'ai volé l'uniforme de ma première école au supermarché. J'avais cinq ans. Je n'ai pas de frère, de sœur ou de cousin, à ma connaissance. Il n'y a que moi, maman et ma tante Olivia. Personne ne prie pour mon âme, personne ne m'a payé une prostituée, mais j'ai travaillé vraiment dur pour en arriver où j'en suis maintenant. J'ai bossé d'arrache-pied pour n'avoir que des A et obtenir une bourse pour la fac. Alors, oui, je comprends ce que ça fait, d'être sous pression et non, ma vie n'a pas été facile, alors ne laisse pas les costumes que je porte ou mes parfaites voyelles anglaises te duper.

Ma voix dérailla légèrement et, alors que je parlais, je vis les yeux d'Alex s'écarquiller.

— Oh, chuchota-t-il. Quand tu dis que ton père est retourné aux États-Unis...

— Il était dans l'US Air Force. Il est mort, maintenant. Je ne l'ai jamais rencontré et je n'en avais pas envie après ce qu'il a fait. Alors, ne va pas t'imaginer que ma vie était toute rose.

Il grimaça. *Merde, je suis égoïste. Mais qu'est-ce que je fous ?*

— Excuse-moi pour mon emportement.

Alex secoua la tête.

— C'est inutile. Moi aussi, je suis désolé. Je sais que tout ne tourne pas constamment autour de moi.

Je saisis sa main.

— Cette histoire, elle tourne autour de toi, Alex, et je suis là pour toi, d'accord ? Je comprends ce que tu ressens, actuellement. Je sais que tu as peur, mais que peut-il arriver de pire ? Le coach ne mettra pas en danger la mythique « ligne qui à la RAJ ». Et pourquoi Mark, l'un des propriétaires de l'équipe, voudrait-il faire tanguer le navire ?

Alex serra les poings sur ses genoux avant de jurer d'une forte voix. Selon moi, il aurait pu en dire plus, mais Rowen frappa violemment à la vitre.

— Sors, trente-quatre, ordonna-t-il.

Alex se dépêcha d'obéir. Je le suivis d'un pas plus lent. J'aurais fait n'importe quoi pour m'accorder le temps de mettre mes idées au clair. Alex avait besoin de moi à ses côtés et j'avais déjà songé à quelques avocats avec qui j'avais travaillé par le passé et que j'avais appelés auparavant pour obtenir des conseils.

Nous finîmes tous les quatre dans la grande cuisine à l'arrière de la maison. Mark préparait du café, Rowen était assis à une table et Alex se tenait dans l'embrasure de la porte comme s'il se rendait à son exécution.

— Ai-je besoin de mon représentant ? s'enquit Alex.

Je compris alors à quel point cette situation était farfelue.

— Tu n'as rien fait de mal, rétorquai-je avant que

Rowen commence le sermon qui mijotait dans son crâne.

— On devrait tous s'asseoir, répondit Mark en me tendant une tasse. Je t'ai préparé un thé.

Je baissai les yeux vers le liquide dans la tasse, qui ressemblait à l'eau de rinçage de la vaisselle.

— C'est une insulte au thé, dis-je en tentant d'égayer l'ambiance.

En observant les autres, je vis qu'ils me dévisageaient et je me redressai.

— Ne préparez jamais, *jamais*, du thé pour un Britannique, ajoutai-je avec un sourire que j'effaçai ensuite.

Je me servis plutôt un café avant d'aller m'asseoir autour de la table. Ils m'avaient attendu, mais j'espérais que mon humour ainsi que le café que je m'étais servi avaient légèrement détendu l'atmosphère. Alex n'était plus obstinément sur la défensive, mais effrayé. Quant à Rowen, son comportement était moins tempétueux.

Ce dernier s'éclaircit la gorge.

— Garcia, tes fréquentations pendant ton temps libre te regardent. Je suis avec Mark et le jeune Ryker est aussi ouvertement en couple. Cette équipe te soutient et quiconque te tourmente sera viré. Ma première véritable question est pour Sebastian, en réalité, et sa façon de gérer ça.

Je clignai des yeux en le regardant. Comment je gère quoi ? Le sexe ?

Mark intervint une nouvelle fois. Il était doué pour ça.

— Ce que Rowen veut dire, c'est qu'Alex est crucial pour ta campagne.

Oh. Ça.

— À vrai dire, il n'est qu'un des nombreux angles sur lesquels nous travaillons, commençai-je.

— Je ne ferai pas mon coming-out, les interrompit Alex.

Il se leva si vite devant la table que sa chaise tomba à la renverse et heurta le mur. Du café déborda de sa tasse pleine.

— Personne ne peut m'obliger à le faire ou s'en charger à ma place.

Il me dévisagea, horrifié, comme si j'avais accepté d'une façon ou d'une autre que nous créions une campagne à base de posters avec des licornes, des arcs-en-ciel et Alex au centre.

— Je sais…

— Ce qui se passe…

Rowen et moi avions parlé au même moment et je lui fis signe de se lancer en premier.

— Ce qui se passe au Gila Monster Motor Court reste au Gila Monster Motor Court, déclara calmement Rowen. Assieds-toi, Garcia.

Alex s'exécuta et rapprocha la chaise de la table.

— Tu choisis ceux avec qui tu couches et ça ne regarde personne d'autre que toi, mais laisse-moi te donner un conseil. Vous étiez dans un endroit public. Certains, dans le coin, te connaissent. Il suffit d'une personne et d'une photo pour que le message que tu envoies aux fans devienne complexe et néfaste. Ajoute à cela l'affiche sur laquelle tu apparais, sur un panneau publicitaire à cinq cents mètres du motel, et tu te retrouves dans une situation tarabiscotée. Compris ?

Il s'arrêta alors et sirota son café.

— Oui, Coach, marmonna Alex.

Selon moi, c'était plus un réflexe qu'autre chose.

— Je veux aussi parler du hockey. Alex, regarde-moi.

Il leva les yeux alors que Rowen poursuivait.

— Tu veux que Mark et Seb s'en aillent ?

Alex était pâle. Il me regarda en secouant la tête. Je lus la douleur sur son visage. Il croyait que la seule chose qu'il possédait actuellement lui serait enlevée et j'espérais sincèrement qu'il ne me mettrait pas dans la même valise que le hockey.

— Coach ? dit-il pour inciter Rowen à parler, comme celui-ci s'était tu. S'il vous plaît, ne me renvoyez pas. Je ne laisserai pas cette histoire changer mon jeu. Je donne tout ce que j'ai, actuellement.

Rowen décala sa tasse et joignit ses mains en dévisageant son joueur.

— Le truc, Alex, c'est que c'est à la fois vrai et faux. Tu réussis des coups merveilleux, mais tu es facilement distrait et dans un même match, tu peux marquer un but et perdre un palet que l'autre équipe utilisera à son avantage. Tu as des capacités incroyables : ta vitesse, ta précision, ta façon de travailler sans aucun effort sur ta ligne avec Ryker et Jens. Chaque fois que tu réalises un geste magique, tu deviens excessivement confiant et tu n'es plus concentré. Tu veux m'expliquer pourquoi ?

— Je ne pensais pas que je… dit-il avant de s'arrêter et de se frotter les yeux. Je n'en sais rien.

— Très bien, alors réponds à cette question. Pour qui joues-tu ?

— L'équipe. Vous, Coach.

Rowen acquiesça.

— Mais est-ce que tu joues pour toi ? Tu aimes le jeu ? Tu manges et tu respires hockey ?

J'attendis la réponse d'Alex avec crainte. Bien sûr qu'il aimait ce sport, mais actuellement, notre relation était une distraction, sans parler de tout le stress qu'il ressentait parce qu'il dissimulait son secret.

— Non, avoua Alex après une pause. Enfin, j'adore le hockey. Évidemment. C'est tout pour moi…

Il s'arrêta, avant de se dégonfler visiblement.

— Non, ce n'est pas tout. Il y a tant de choses en moi et quand je marque, je n'arrive à penser qu'à une seule chose…

Il était un joueur de hockey, fort et déterminé, mais à présent, il paraissait vulnérable. Était-ce ma faute ? Devrais-je me mettre en retrait et le laisser tranquille ? Je n'en avais pas envie. Je tombais follement amoureux de lui et si j'ignorais les visas et le hockey, je pouvais même envisager un futur dans lequel nous existions. Quelques années, au moins, jusqu'à ce qu'il soit prêt à trouver son âme sœur.

Bien sûr, lorsque nous en aurions fini et qu'il passerait à autre chose, cela me tuerait, mais il n'avait pas besoin de le savoir. Il avait une vie à mener et j'étais son expérience. Notre histoire était limitée dans le temps, car j'allais rentrer chez moi. Mais je ne comptais pas embrouiller la situation, alors je restai silencieux.

— Qu'en penses-tu ? insista Rowen.

— Que je rends les gens fiers de moi, que je montre à tout le monde que le Latino de San Luis peut jouer dans la NHL et faire une différence. Les fans, l'équipe, même ma famille, qui doutait de mon obsession avec la glace dans un foutu état désertique.

— Tu es fier de toi ? demanda Rowen d'une voix douce. C'est tout ce que tu dois te demander. Oui, tu joues pour l'équipe, pour les fans, pour moi, pour ta famille, mais tu dois aussi être fier de toi.

Silence.

— Ma porte t'est toujours ouverte si tu as besoin de parler, car je sais avec certitude qu'un joueur est seulement à la hauteur de la détermination et de la fierté qu'il ressent intérieurement.

Alex se leva une fois encore.

— Je peux y aller, maintenant, Coach ?

Rowen se leva et tendit une main, qu'Alex serra. Mark contourna ensuite la table et étreignit mon homme. Nous nous séparâmes tous prudemment et poliment.

Alex demeura silencieux dans la voiture alors que nous repartions chez lui et je n'insistai pas pour qu'il parle. Je posai simplement une main sur son genou afin de le soutenir en silence. À notre arrivée, il ne m'invita pas à entrer. Pourquoi le ferait-il ? Il serra plutôt ma main et hocha la tête.

— Merci pour tout, dit-il avant de partir.

J'ATTENDIS trois jours qu'*il* m'envoie un SMS, tout en lui transmettant de petits messages pour lui parler de ma journée. Rien de trop complexe, des détails sur sa promotion, une histoire amusante sur Colorado et son incapacité à rester tranquille pendant les interviews, ainsi qu'un lien vers des *memes* sur le hockey. Lors de ces trois jours, il assista à deux entraînements et aujourd'hui se déroulait le prochain match, contre Los Angeles. Ce derby faisait monter la pression dans la patinoire. Le match se déroulait à domicile, ce qui signifiait qu'un grand nombre de fans de Los Angeles viendraient sur notre territoire et cette confrontation serait le centre de l'épisode de notre nouveau documentaire en coulisses, *Raptors-Radio* – un nom cool, bien qu'il ne soit pas diffusé à la radio. Il donnait une impression vintage. Trois épisodes nous mèneraient jusqu'à la fin de la saison.

Hier, après un entraînement houleux, Ryker, Jens et Alex avaient lancé une compétition avec des ballons de football et leur crosse de hockey sur glace. En les observant tous les trois faire les imbéciles, je n'aurais jamais pu imaginer ce qui s'était passé au Gila Monster Motor Court. Alex souriait, s'amusait, faisait l'idiot comme s'il ne se préoccupait de rien, et les images obtenues étaient excellentes. Elles suffisaient pour l'épisode et nous pourrions également utiliser quelques GIFs sur les réseaux sociaux. Au moins, personne ne me vit regarder fixement les vidéos d'Alex dans mon bureau. Enfin, mis à part Jason, qui m'effraya une nouvelle fois, me qualifia d'andouille et montra ensuite Alex sur l'écran.

— Elles sont belles, ces images.

Il n'en dit pas plus, mais j'eus le sentiment d'avoir réagi excessivement avec mes fanfaronnades et mon écran que j'avais fermé. Si j'en croyais le regard qu'il me lançait, il avait compris que je reluquais Alex. C'était lui, qui m'avait invité dans le box des propriétaires ce soir, afin que je regarde le match dans le luxe. Il ne serait pas en ville, car il rendait visite à la famille de sa femme. Le box avait besoin d'être rempli et je reconnus que c'était bon pour le marketing. J'étais donc là, une bière à la main, et je regardais chaque seconde du match depuis ma place en hauteur.

Les matchs de hockey ne ressemblaient pas vraiment aux matchs de football, en Angleterre. Il n'y avait pas de véritable séparation entre les fans. Tout le monde, en général, était sympathique. Je ne voyais aucune violence dans les gradins, mais des encouragements étaient rugis chaque fois que « la ligne qui a la RAJ » arrivait sur la glace. J'étais fier. Nous avions deux buts d'avance, tous les deux marqués par cette fameuse ligne, et même si Alex n'en avait pas mis, il était certainement le passeur décisif. Il était en feu, ce soir. Concentré et précis, il se bagarrait pour chaque palet perdu qui arrivait dans sa direction. Lorsque le troisième but entra dans le filet, cette fois-ci après une passe d'Alex à Ryker, qui lui redonna rapidement le palet, je me levai en même temps que les fans des Raptors et criai en jubilant.

C'est mon Alex, là, trop cool et sexy.

Je m'attardai à la patinoire après le match. Nous avions battu Los Angeles avec trois buts à un, et j'avais envie de m'imprégner du pur enthousiasme qui vibrait autour de l'équipe. Je passai du temps à regarder les fans et à parler aux mecs dans la boutique souvenir des Raptors, remarquant que les maillots au nom de Ryker se vendaient comme des petits pains – si on considère que cinquante-deux en une soirée, c'est se vendre comme des petits pains. Qui pouvait bien le savoir ? Néanmoins, je souris discrètement quand ils me dirent qu'ils avaient vendu vingt et un maillots de Garcia avec le numéro trente-quatre. Nous avions également la preuve que les fans de Los Angeles nous accordaient, à contrecœur, leur respect, bien que j'entende quelques jurons et une mention étrange selon laquelle ils voulaient que Ryker soit immédiatement acheté par leur équipe. Je n'imaginais pas un monde où les Raptors laisseraient partir Ryker et Alex, mais le hockey était un sport étrange.

Je m'attardai ensuite sur le parking, attendant les joueurs et tapant dans leurs mains alors qu'ils sortaient par deux ou trois. Je vis enfin Ryker et Alex. Ils s'arrêtèrent, signèrent des casquettes ainsi que des maillots, et plaisantèrent avec les enfants aux yeux écarquillés qui avaient eu le droit de se coucher plus tard pour ce match du samedi soir. Lorsqu'ils s'approchèrent tous les deux et qu'Alex me vit à côté de ma voiture de location, il arrêta de marcher et s'adressa à son ami. Ils se saluèrent en cognant leurs poings. Alex s'approcha alors enfin de moi, tandis que Ryker montait dans sa voiture et partait.

— Tu veux monter ? lui demandai-je.

Merde, cette question était lourde de sens.

Alex acquiesça et monta en voiture, puis mit sa ceinture.

— On peut aller quelque part et discuter ?

La peur s'amoncela en moi, mais je restai positif.

— Jason n'est pas là. Il est parti avec Yvonne et les enfants. On pourrait aller au pavillon ?

— Pour discuter ? me demanda-t-il.

— C'est bien de discuter.

J'allumai la radio sur une station diffusant une émission de fin de soirée. Elle évoquait l'utilisation de la littérature classique à l'école. Dieu seul savait comment j'avais trouvé cette émission. En appuyant habilement sur les boutons, je passai à une station passant des chansons des années quatre-vingt-dix et nous partîmes vers le pavillon au son de Justin Timberlake ou encore de Madonna. Je me garai et fermai la voiture à clé. Tous les deux, nous rejoignîmes ma maison, celle qui était loin de mon chez-moi.

Je me demandai combien de temps nous discuterions et si cela marquerait la fin de tout. Les épaules en arrière, déterminé à défendre ma cause, je retirai ma veste de costume et la posai sur le dossier de la chaise la plus proche.

— J'ai besoin de t'embrasser, dit-il en me collant

contre le mur vers lequel il m'avait acculé. Je n'ai pas envie de parler.

Le baiser fut électrique. Nous finîmes par terre, dans mon couloir, à nous embrasser et à prendre notre pied, ce qui était bien loin d'une discussion.

Cela avait peut-être été un au revoir, mais mon Dieu, il avait été torride. Nous étions allongés épuisés dans les bras l'un de l'autre sur le parquet. J'attendais les mots que je redoutais.

— Seb ?

Je glissai les doigts dans ses cheveux soyeux.

— Oui ?

— Tu peux dire non si tu n'en as pas envie, mais j'ai quelque chose à te demander.

TREIZE

Alex

L'EXPRESSION SUR SON VISAGE PASSA DE LA SATISFACTION À la tension, puis à une émotion plus difficile à déchiffrer.

— Puis-je me lever avant que tu poses cette question ? Mon dos n'est pas très fan de ce parquet.

— Bien sûr, oui.

Je sautai, remis mon sexe dans mon pantalon et lui tendis une main. Ma main propre, pas celle qui était couverte de semence vulgaire.

— Il faut que je…

Je levai ma main sale et la désignai d'un hochement de tête. Il en fit de même, un petit sourire se dessinant sur ses lèvres enflées. Je fus aux anges quand je constatai que mes baisers avaient rendu ses lèvres si roses. Ce qui n'était probablement pas bien.

Nous entrâmes dans la cuisine à pas feutrés, nous lavâmes et tentâmes d'arranger notre tenue. J'avais abandonné ma veste, ma cravate et ma chemise quand nous nous pelotions. Le regard de Sebastian ne cessait de dévier vers mon torse et mon ventre, tandis que nous séchions nos mains sur des serviettes en papier. Maintenant que nous avions brûlé le désir, l'air autour de nous était lourd et encombrant.

— Café ? demanda Seb.

J'acquiesçai.

— Tu peux me demander ce que tu voulais me demander pendant que je mets la bouilloire. Je suis sorti m'en acheter une vraie.

Il la secoua, comme pour me prouver qu'il en avait acquis une.

— Je n'arrive pas à croire qu'il n'y avait aucune bouilloire électrique dans cette cuisine. Et du thé. J'ai acheté du thé. Du PG Tips du World Market. Je l'emporte partout avec moi. L'autre jour, je suis allé au café, en face de la patinoire, et j'ai commandé un thé. Ils me l'ont donné pur. Quand j'ai demandé du lait, ils m'ont apporté une carafe qui devait contenir quatre litres. Imagine un pays dans lequel tu ne peux boire que certains types de thé, mais où tu trouves une centaine de marques de café. Barbares.

Bon sang, je ricanai à cause de son plaidoyer nerveux sur le thé. Avant que je m'en rende compte, il commencerait à parler de la météo, ce qui était son autre sujet de prédilection chaque fois qu'il voulait combler des silences dans la conversation.

— Je suis désolé si je te mets mal à l'aise.

Il me regarda en remplissant sa bouilloire d'eau.

— Je ne suis pas vraiment mal à l'aise. Enfin, peut-être que la situation est *un peu* gênante, mais j'ai plutôt la sensation d'être projeté d'un côté, puis poussé de l'autre. Je n'en suis pas sûr, mais je crois que je souffre d'un léger traumatisme cervical.

— Oui, je sais.

Je mis les mains dans mes poches, touchant ma monnaie et le rebord de mon portable.

— Je suis désolé pour ça, aussi, poursuivis-je. J'ai été un peu… eh bien, embrouillé, pendant longtemps. Te rencontrer m'a encore plus perturbé.

Il soupira lourdement avant de se tourner vers moi, sa bouilloire à la main.

— Je n'ai jamais voulu rendre ta vie plus compliquée, Alex.

— Non, non. Je ne voulais pas dire ça dans le mauvais sens du terme. Enfin… m'interrompis-je en retournant une pièce de vingt-cinq cents dans ma poche. D'accord, peut-être un peu dans le mauvais sens du terme, mais ça m'a mené vers le bon côté des choses.

Ses sourcils élégants remontèrent sur son front.

— Tu m'as complètement perdu.

— J'avais compris.

Il me gratifia d'un sourire fatigué avant de pivoter pour poser sa bouilloire.

— On peut s'asseoir ? J'arriverai sans doute à remettre mes idées en ordre si je ne mate pas ton cul.

Il secoua ce petit cul pour moi. Je ris et une partie de la tension s'estompa dans les courants d'air frais.

— On va s'asseoir, mais tu devras mettre une chemise, rétorqua-t-il.

Ainsi, pour nous mettre sur un pied d'égalité, nous

nous assîmes sur le canapé une fois que j'eus enfilé ma chemise. Cependant, je ne la boutonnai pas. J'adorais que son regard parcoure mon corps, presque autant que lorsque ses mains en faisaient de même.

— Très bien, voilà le problème…

Je gigotai pour me mettre face à lui, une jambe tendue et le bras sur le dossier du canapé, mes doigts sur son épaule.

— Aujourd'hui, deux choses se sont produites. Et d'un point de vue extérieur, ça n'avait peut-être pas l'air de grand-chose, mais pour moi, c'était monumental.

Il hocha la tête pour que je continue. Je glissai un doigt sous le col de sa chemise, rien que pour garder le contact. Sa peau était chaude, douce et sentait comme une boisson estivale aux agrumes. Je pourrais le goûter indéfiniment.

— Quand on quittait le vestiaire, Louis Dillinger est venu me trouver. Louis et moi, on jouait dans la même équipe, à la fac. Il est à Los Angeles, maintenant, expliquai-je pour effacer la confusion sur son visage. On était assez proches, à l'époque. On sortait tout le temps en double rencard. Bref, ce soir, il m'a envoyé un message. Louis est quelqu'un de bien. Un vrai tombeur. Il m'a invité dans sa chambre d'hôtel et il a dit que des jumelles nous y attendaient.

Sebastian écarquilla les yeux.

— C'est une offre… amicale.

— N'est-ce pas ? Et à une époque, peut-être encore il y a six mois, je l'aurais fait. Je l'aurais accompagné à son hôtel et je me serais tapé l'une d'elles, parce que *soy un hombre macho*, dis-je en me frappant le torse. Je suis un macho.

Il hocha la tête.

— Je devais le prouver à tout le monde. Ce soir, j'ai dit non, merci. Je lui ai dit que j'avais quelqu'un de spécial et que je voulais être avec cette personne.

Son regard s'éclaira.

— C'est adorable. Je te trouve spécial, moi aussi.

Je caressai sa clavicule avec le dos de mes doigts.

— Je t'aime vraiment beaucoup. Tellement.

Je soupirai quand il se pencha pour déposer un baiser furtif sur mes lèvres.

— Bon, pour en revenir à tout ça, autrement on va encore se retrouver allongés par terre…

Il ricana.

— Ça m'a fait du bien de refuser, comme si c'était un autre petit pas qui mettait de la distance entre le véritable Alejandro et cette fausse personnalité extravagante que j'ai fait semblant d'avoir. Alors que je marchais dans le couloir, tout prétentieux grâce à mes progrès, je me suis rendu compte que je n'avais pas dit qu'un *mec* spécial m'attendait. Ça m'a un peu rongé.

— Alex, il n'y a pas de bonne ou de mauvaise façon de procéder, sur le chemin de la révélation et de l'acceptation. Chaque petit pas nous mène dans la bonne direction.

La bouilloire s'éteignit et il se leva pour s'occuper des boissons. À son retour, il me passa une tasse de son café soluble étrange avant de s'installer à mes côtés, un thé entre les mains.

— Merci, ça sent bon, mentis-je.

Je bus une gorgée et souris avant de poser la grande tasse bleue sur ma cuisse, où elle me réchauffa agréablement.

— Bref, j'étais furieux de ne pas être plus gay ou quelque chose dans ce genre. Je ne sais pas.

— Je te trouve parfaitement gay.

Il me fit un clin d'œil et abaissa son col pour me montrer une nouvelle marque d'amour sur sa clavicule.

— Hashtag *Je-ne-suis-pas-désolé*.

Il leva les yeux au ciel.

— Donc j'étais planté là, à me demander comment je pouvais être plus gay sans faire mon coming-out, et mon portable a sonné, continuai-je. C'était ma petite sœur, Elizabeth. Elle m'appelait pour me dire qu'elle avait fait faux bond à *Mamá* et *Abuela* et qu'elle avait choisi le garçon qu'elle souhaitait comme *chambelán de honor*. Elle était ivre de fierté et n'arrêtait pas de parler de ce garçon, ce Dwayne, qui non seulement n'est *pas* latino, mais qui est noir. Il n'est même pas catholique. Ils flirtent et sortent ensemble, d'après elle. J'ignore ce que ça signifie, mais elle a rencontré sa famille et ils l'adorent.

— Tant mieux pour elle, répondit Seb en sirotant son thé et en attendant patiemment que j'en vienne au fait.

— Ouais, je lui ai dit la même chose. Son choix n'était pas très populaire, chez moi, et elle reçoit beaucoup de critiques de la part des plus âgés, mais elle reste sur ses positions. Elle est si forte, si sûre d'elle, si puissante. Et puis il y a moi. Je suis plus âgé qu'elle, plus grand, plus fort et pourtant, j'ai l'air d'une souris à côté d'elle. Ça me fait honte, que ma petite sœur ait plus de cran que moi. Quel genre d'homme dissimule sa véritable nature ?

— Alex…

— Je veux que tu viennes à la *quinceañera* de ma sœur, comme rencard.

Il me regarda comme si quelqu'un lui avait tiré en pleine poitrine. Son regard s'enflamma, ses lèvres s'entrouvrirent légèrement et sa tasse de thé resta posée contre sa lèvre inférieure, figée sur place. Il l'abaissa enfin, s'humidifia les lèvres et cligna des yeux.

— J'ignore ce qu'est une *quinceañera*, je suis désolé.

— Oh, non, ne le sois pas. C'est une fête. Euh, un peu comme une bar mitzvah ou un bal des débutantes ?

Il hocha la tête.

— C'est une célébration pour une adolescente qui fête ses quinze ans et qui devient donc une femme. C'est quelque chose d'énorme, dans la culture latino. Tout le monde se met sur son trente-et-un et mes parents vont dépenser une fortune pour l'organiser.

Il me fixa du regard d'un air maussade, comme s'il avait du mal à saisir le concept.

— Et tu veux m'emmener à cette célébration extrêmement importante en tant que ton rencard ?

— Oui.

Il posa lentement sa tasse de thé sur la table avant de pivoter pour me regarder droit dans les yeux.

— Alex, je ne suis pas certain que ce soit la meilleure façon pour toi de faire ton coming-out.

— Je le dirai à ma famille avant la *misa de acción de gracias*.

Une fois encore, il me regarda, l'air perdu.

— C'est une messe d'action de grâce pour la fille qui fait sa transition vers l'âge adulte.

— Il y a une messe ?

— Oh, oui. Crois-moi, il y a une messe pour tout. Même des ongles cassés obtiennent leur heure de dévotion.

— Ah, eh bien, c'est…

— Je comprends, si tu ne veux pas participer à ce qui va dégénérer. Je comprends totalement. Je serais heureux d'y aller en célibataire, mais je vais annoncer à ma famille que je suis gay. Je ne peux plus continuer ainsi. La peur, l'inquiétude, la terreur constante à l'idée que quelqu'un le découvre me tue. Ça détériore mon jeu et ça me prive de toute joie dans ma vie. S'ils me détestent, ils me détestent. Au moins, je serai libre d'être moi.

Il glissa une main le long de ma mâchoire, sa paume encore bien chaude grâce à son thé.

— Je serai honoré d'aller à la *quinceañera* d'Elizabeth à ton bras.

— Ah oui ?

Un million de soleils s'allumèrent dans mon torse.

— Oh oui.

— Je crois que je t'aime.

— Ce sentiment est mutuel.

Nous nous embrassâmes si longtemps que nos

boissons refroidirent. Ce qui n'était pas grave. J'adorais le café glacé et j'adorais *vraiment* Seb.

LE LENDEMAIN, de bonne heure et de bonne humeur, encore empli d'enthousiasme et de détermination, j'allai rendre visite à Henry. Ryker avait un genre de séance photo de groupe, organisée par Sebastian, et il devait ensuite se rendre à un refuge pour chiots pour assister à un événement. J'y allai donc en solo. Le trajet se passa bien, le soleil éclatant commençait tout juste à réchauffer l'air sec. Je m'arrêtai prendre un sandwich pour le petit déjeuner ainsi qu'un café extralarge pour Henry et moi-même. Je mis de l'essence et roulai jusqu'au centre de rééducation avec une chanson de Maluma et Ricky Martin. Bon sang, j'avais un sacré faible pour Ricky, mais qui n'en avait pas ? J'imagine que j'étais fan des hommes plus âgés depuis longtemps et que je ne m'en étais pas rendu compte. Je souris en songeant à un adage que mon *abuela* aimait citer quand elle parlait de monsieur Martin. Elle disait : « *Ricky Martin es como una pasa. Cuantas más arrugas más sabrosa es la fruta* ».

Je ne pouvais la contredire. Ricky *était* comme un raisin sec. Plus il avait de rides, plus le fruit était sucré, un peu comme Sebastian. Non pas que mon homme ait beaucoup de rides. Toutefois, il avait de jolis traits fins autour des yeux et de la bouche. Des rides de vie et de rire. Des rides sacrément sexy que j'aimais parsemer de doux baisers pendant nos étreintes. Souriant et fredonnant, je m'engageai à toute vitesse sur le parking du centre de rééducation avec *No Se Me Quita* résonnant dans l'air matinal. Puis *il* sortit par les doubles portes et tout bon sentiment disparut comme le brouillard sur un lac une fois que le soleil se lève à l'horizon.

— Hé, Speedy Gonzales, il y a une limitation de vitesse, ici ! cria l'agent de sécurité en sortant pour me fusiller du regard. Ralentis, bordel, et éteins cette merde. Nous avons des patients malades, ici, qui essaient de récupérer. Ta musique ethnique et criarde perturbe la paix qui leur ait nécessaire.

J'éteignis le moteur et la musique s'arrêta. L'homme se tenait à côté de ma portière conducteur. Il était grand, assurément, mais pas assez pour m'intimider. J'avais probablement vingt ans de moins que lui, j'étais un athlète professionnel et un très bon lutteur. S'il voulait se battre, j'allais me battre. J'aurais dû confronter cet *idiota racista* la dernière fois qu'il m'avait emmerdé, mais je m'étais comporté comme un bon garçon Latino.

— Très bien, mais le fait que vous vous teniez juste là, à hurler à pleins poumons, ça ne perturbe pas les patients, ça ? rétorquai-je.

Ses narines se dilatèrent.

— C'est de l'insolence ?

— Non, monsieur, je vous fais simplement remarquer que votre voix levée est probablement plus perturbante qu'une chanson entraînante abordant la beauté du baiser de l'amant de cet homme.

Il posa alors une main sur son revolver. Ce geste me fit rapidement taire, ce qui était exactement ce que ce trouduc souhaitait. Il se pencha au-dessus de la portière. J'aurais alors aimé avoir un toit sur ma Jeep. Ses yeux bleus étaient plissés, ses cheveux blonds et fins claquaient au vent et ses lèvres dessinaient un sourire empli de haine.

— Tu es un voyou, à mes yeux. Une petite merde qui se croit au-dessus des lois et des règles parce qu'il joue au hockey dans une équipe de losers. Laisse-moi te dire une chose et je veux que tu m'écoutes attentivement, *amigo*. La prochaine fois que tu te montreras insolent envers moi, ce sera la dernière fois où tu auras le droit de mettre un pied dans ces locaux. Je sortirais ton gros cul de cette voiture et je te mettrais en état d'arrestation pour excès de vitesse dans une zone à trente kilomètres-heure. Maintenant que j'y pense, j'ai peut-être aussi été témoin d'un délit. Tu fais sans doute entrer discrètement des substances interdites dans ce centre. Il vaudrait mieux que je vérifie ce sac de nourriture, au cas où il serait empli de drogues que ta mère a fait passer par la frontière.

Je dus faire appel à toute ma volonté pour ne pas le frapper en pleine face et tendre plutôt lentement la main vers le sachet blanc posé sur le siège à côté de moi afin de le lui passer. Peter Marks – c'était le nom inscrit sur son badge – ouvrit le sachet, regarda à l'intérieur avant de river son regard sur moi. Il s'en alla en exagérant ses gestes quand il jeta la nourriture que j'avais achetée pour Henry dans une poubelle. Il rentra ensuite dans le centre.

Je restai là dix minutes, les poings serrés, tremblant

de rage, jusqu'à ce que j'arrive à me calmer suffisamment pour être en mesure de voir Henry et de sourire à l'un de mes meilleurs amis. Peter resta juste devant la porte, parlant aimablement à quelques personnes, souriant et plaisantant. Son regard dévia vers moi alors que je les contournais avec des gobelets de café à la main. Je l'observai impassiblement et m'occupai de mes affaires. Je n'avais pas envie d'être la prochaine personne de couleur tuée d'une balle dans le dos à cause d'un idiot sectaire avec une arme et une haine des *autres*, même si j'étais tout autant un citoyen américain que lui.

Henry était assis sur son lit, entouré de fleurs. À mon arrivée, il me parut blême et mécontent. Son visage s'éclaira légèrement quand il me vit. Je l'étreignis délicatement avant de m'asseoir au bord de son lit et de lui tendre son macchiato au caramel pendant que je buvais une gorgée hésitante de mon americano.

— Ah, merci, ils me manquaient, dit-il avant de tâtonner pour tenter de retirer le couvercle en plastique.

Je me redressai et l'aidai, puis me renfonçai sur mon fauteuil une fois qu'il eut bu une gorgée.

— Tant de choses me manquent. Je commence à croire que je ne sortirai jamais d'ici.

Son œil était toujours protégé, sa jambe plâtrée et son humeur dans les chaussettes.

— Tu sortiras d'ici en moins de temps qu'il en faut pour le dire et tu reviendras sur la glace la saison prochaine. Non, mec, ne me contredis pas. J'ai des facultés mentales merveilleuses. Je peux prédire l'avenir en lisant dans la mousse de mon café.

— Le café que tu bois n'a pas de mousse, me fit-il rapidement remarquer.

Je ricanai.

— C'est bon de te voir, Alex. Mes parents viennent aussi souvent que possible, et mon frère, aussi. Maman dit que je vais devoir retourner chez eux, dans l'Illinois, pour poursuivre ma rééducation une fois qu'ils me vireront d'ici. Je n'ai pas envie de retourner à Wheaton, mais les médecins disent que je ne peux pas rester seul et que j'aurais besoin de quelqu'un qui vivra avec moi.

— Reviens avec Ry et moi. On te gardera à l'œil.

Je poussai un immense arrangement floral. *Adler* était griffonné sur la carte coincée au milieu des fleurs d'un rose et d'un violet éclatant.

Il secoua la tête.

— Vous partez dès la fin de la saison. Ryker va dans le Minnesota pour retrouver Jacob, et toi tu retrouves ta famille à San Luis.

— Hors de question. Je resterai ici et je prendrai soin de toi, dis-je en observant la pièce. Adler Lockhart t'envoie des fleurs tous les jours ?

Chaque centimètre carré disponible était couvert de fleurs et chaque bouquet contenait cette même carte blanche avec une signature gribouillée.

— Oui. Jusqu'ici, il m'a aussi envoyé une Apple watch, un nouveau téléphone, quatorze stylos, un pot de betteraves vinaigrées et un chaton.

J'écarquillai les yeux, ce qui fit rire Henry. Mon Dieu, il était mignon, quand il souriait.

— Un vrai chaton ?

— Non, une peluche, mais il y avait le certificat d'un refuge refusant l'euthanasie en périphérie de Harrisburg, disant que l'adoption d'un chaton avait été arrangée pour moi quand je quitterai le centre.

— Ce mec a un sérieux problème quand il s'agit d'offrir des cadeaux, murmurai-je.

— J'imagine. Mais j'aimerais bien avoir un chaton. L'été sera long et mes parents et moi… Parfois, nous ne nous entendons pas.

— Peut-être que Lockhart arrivera à te trouver quelqu'un qui resterait avec toi cet été, pendant que tu récupères et que tu suis ta rééducation ici, en Arizona, lui suggérai-je.

Il acquiesça lentement, comme s'il y songeait sérieusement. Son estomac gronda, tout comme le mien, et je maudis intérieurement Pete Marks, dit *Le Salopard*. Il était inutile d'agacer Henry avec ce genre de conneries, il avait déjà bien assez de pain sur la planche.

— Il vaudrait mieux que j'y aille pour l'entraînement du matin. Coach déteste qu'on arrive en retard.

— Oui, je m'en souviens. Dis bonjour à tout le monde, de ma part, et merci pour ça, poursuivit-il en levant son café. Ça me manque. Tu me manques aussi, tout comme faire des trucs normaux, comme m'arrêter prendre un petit déjeuner ou regarder des films d'horreur. Ma vie… elle craint.

Merde.

— Ça ira mieux, je te le promets.

Je me levai, lui tapotai délicatement la cuisse, et touchai son poing avec le mien. Pete et moi nous confrontâmes ensuite d'un regard devant les portes d'entrée, mais il ne quitta pas sa chaise. J'imagine que ce connard m'avait suffisamment intimidé tout à l'heure. Je me glissai derrière le volant de ma Jeep, embrassai deux de mes doigts et les posai sur la petite statue de la Vierge Marie ornant mon tableau de bord. Elle m'accompagnait depuis que j'avais acheté ma première voiture, cadeau de ma mère.

— S'il te plaît, surveille Henry. *Santa María, madre de Dios.*

Je reculai lentement, franchis les barrières et mis la station radio espagnole préférée d'*Abuela*, celle qui jouait des chansons mexicaines traditionnelles. *Guadalajara* à fond, je volai au-dessus du dernier dos d'âne et accélérai dans la rue, le son d'un groupe de mariachis flottant derrière moi. Dans mon rétroviseur, j'aperçus Pete l'Abruti courir dehors pour me fusiller du regard. J'en ris jusqu'à la patinoire.

QUATORZE

Seb

— Et quel est l'intérêt ? demanda Colorado, les mains sur les hanches et le menton relevé.

Je savais que le faire monter sur la surfaceuse serait un exercice futile, à moins que je lui offre un meilleur marché. J'avais tout de même essayé la voie la plus compliquée en premier, car parfois, il me laissait gagner.

— L'intérêt, c'est que nous vous filmions, Alex et toi, en train de faire une course de surfaceuse d'ici à là-bas, dis-je en agitant la main en direction de la ligne d'arrivée à l'autre bout du parking de la patinoire d'entraînement des Raptors.

— Vous porterez un micro et les spectateurs entendront ce que vous dites. Ils vous entendront rire et ce sera merveilleux pour la promotion de l'équipe.

Il se renfrogna et un éclat calculateur apparut dans son regard. Merde, le voilà qui remontait à la surface, l'art du gardien pour conclure un marché. Je n'avais eu aucun problème avec Alex, qui était déjà assis sur sa surfaceuse, regardait fixement la ligne d'arrivée et visualisait sûrement sa course, si je le connaissais bien.

— Je le ferai si tu me libères de cette histoire de GoPro.

Je soupirai intérieurement. Les GoPros étaient des caméras fixées sur leur casque. Le joueur faisait son boulot sur la glace et la GoPro nous permettait de voir la même chose que lui. J'en avais affecté une à Ryker et à Colorado pour l'événement après l'entraînement libre, demain. Je ne comprenais pas pourquoi ces joueurs de hockey prétentieux ne voudraient pas montrer leurs aptitudes.

— La GoPro, répétai-je.

— Ouais, ça me donne le vertige quand je regarde les images, après.

Il inclina la tête comme s'il me mettait au défi de le contredire.

— Tu as envisagé de ne pas regarder les images ? lui demandai-je.

Il parut incrédule et montra son torse avec ses pouces.

— Tu m'as vu ? Qui ne voudrait pas regarder ça ?

Marcia, la cadreuse, s'éclaircit la voix.

— Les gars, je dois partir à l'heure, aujourd'hui.

Je fis semblant de réfléchir encore quelques instants, puis soupirai à contrecœur.

— D'accord, marché conclu.

Il s'exclama avant de partir pour grimper sur sa surfaceuse qu'il tapota.

— Modèle cinq cents, dit-il. Vous saviez que la vitesse de pointe de cette machine est de 15,5 kilomètres-heure et qu'elle peut faire cinq cents mètres en quatre-vingt-treize secondes et demie ?

Il la tapota à nouveau avant de s'installer au fond de son fauteuil.

— Prépare-toi à être massacré, Cherry, cria-t-il à Alex.

Curieusement, il avait commencé à l'appeler Alex Cherry Garcia et ce surnom était resté. J'avais remarqué que quelques personnes dans le vestiaire avaient pris pour habitude d'appeler Alex ainsi et selon moi, ça ne le dérangeait pas. Il était même un peu fier. Je voyais bien qu'obtenir son surnom officiel de hockeyeur était le summum de la carrière d'un joueur.

— Très bien, commençons, confirma Marcia.

Après quelques tests de micro pour l'enregistrement audio, nous étions prêts à faire feu. J'avais même trouvé un drapeau à damier sur Internet et j'y avais prudemment intégré le logo des Raptors. C'était moi, qui lançais la course. Marcia nous fit le décompte.

— Messieurs, démarrez vos moteurs.

Alex eut du mal à l'allumer, ce qui poussa Colorado à lui crier dessus, et ils furent tous les deux pris d'un fou rire hystérique avant même le début de la course. Cela faisait du bien à mon cœur de voir Alex rire, car comme nous nous rapprochions de la fête pour le quinzième anniversaire de sa sœur, il devenait de plus en plus nerveux. Pas sur la glace. Non, sur la glace, il était un vrai génie qui saisissait sa chance, se servait de son corps, et « la ligne qui a la RAJ » faisait son boulot. En plus de ça, la campagne sur les réseaux sociaux attirait l'intérêt, particulièrement quand j'avais donné les codes du compte Twitter à un jeune stagiaire de l'université de l'Arizona. Il était marrant, faisait des blagues et entrait dans des discussions sur Twitter avec d'autres équipes. Il avait créé un genre de bataille avec surenchère contre l'équipe de Los Angeles. Les chiffres étaient bons et les nouveaux fans affluaient pour Ryker et Alex. Les gens se concentraient moins sur le fait que l'équipe était nulle, et ils commençaient à parler de reconstruction. Ajoutez à cela le fait que nous connaissions quelques succès limités sur la glace, quelques victoires et des points grâce à des égalités en fin de temps réglementaire... ainsi que la demande d'appel d'Aarni qui avait été rejetée, car elle n'avait aucun fondement.

Mais c'était Alex que je regardais, actuellement, alors que Colorado et lui se frayaient un chemin en effectuant une course identique l'un à côté de l'autre. Le gardien eut une très légère avance dans l'un des larges virages presque impossibles à effectuer autour des cônes. Les deux hommes se traitaient de tous les noms et s'exclamaient. Marcia filmait le tout, même quand Colorado se pencha dangereusement sur le côté comme s'il était sur le dos d'un cheval.

J'adorais Alex au point où je ne pouvais plus penser à autre chose qu'à lui et à l'équipe. Les dix ans de différence entre nous n'avaient pas d'importance et qu'il découvre le sexe entre hommes n'avait jamais été un souci. Je n'avais jamais fréquenté quelqu'un d'aussi réactif qu'Alex et je doutais que ce soit un jour le cas.

Bien sûr, notre temps était limité. Je le savais, mais je me concentrais sur le moment présent et sur la façon d'apprécier la chaleur et la joie ressentie quand on était *amoureux*.

Alex avait désormais pris de l'avance sur Colorado, comme le gardien avait effectué une danse en remuant les fesses et avait donc été distrait. Même si je devais rester impartial et que ce n'était qu'un stupide coup de pub, j'étais tellement fier de la victoire de mon homme.

Oui, j'étais terriblement sous son charme.

Je trottinai sur le parcours avec le drapeau alors qu'ils slalomaient entre les cônes. Alex en aplatit deux. J'agitai la bannière quand les deux compétiteurs s'approchèrent de la ligne d'arrivée. Je sentis que Marcia zoomait sur le large sourire d'Alex et capturait le rire tonitruant de Colorado. Lorsqu'ils passèrent le drapeau, Alex avait gagné.

Marcia se rapprocha pour filmer les interviews post-courses, et j'entendis les garçons se chambrer de là où j'étais.

— Cherry a ouvertement roulé sur des cônes, dit Colorado d'un air faussement outré. Je veux que ce scandale de triche soit revu par la VAR.

— Oui, oui, peu importe, loser. Tu es juste vexé que je t'aie battu à plates coutures.

Ils commencèrent alors à se bagarrer, à glousser et à crier comme des idiots. La course fut ensuite close et ce serait à moi d'effectuer le montage, avec l'entreprise de documentaire qui n'était pas loin de finir le deuxième épisode de la série des Raptors. Si nous gagnions demain contre Dallas, ce serait la conclusion parfaite pour le documentaire. Selon moi, l'espoir était contagieux dans tout le bâtiment. Ce soir, nous louions pour la première fois la salle de réception. Une entreprise locale, Catalina Foothills Chrysler Plymouth, l'un de nos sponsors, l'avait réservée pour fêter son cinquantième anniversaire. C'était là que je devais me rendre, ensuite, pour parler à l'un des propriétaires, Robert Lake, afin de confirmer les menus, de prendre des photos et de mettre à jour le site Internet avec l'équipe média. Il fallait également que notre stagiaire fasse quelques tweets avec des extraits de la course de surfaceuses.

— La Terre à Seee-basss-ti-yan, dit Colorado en agitant une main devant mon visage.

— Pardon ? demandai-je en me reconcentrant sur le présent.

— Les gens comme toi s'excusent constamment, commenta-t-il.

— Pardon ?

Je me rendis compte de ce que je venais de dire.

— Comment ça, les gens comme moi ? ajoutai-je ensuite en haussant un sourcil.

— Oui, vous, les Hugh Grant sexy.

Oh, c'était une fois encore cette histoire d'Anglais. Je souris à Colorado, ce que je n'aurais peut-être pas dû faire.

— J'ai baisé ce gars anglais, une fois, renchérit

Colorado. Il avait les mêmes voyelles que le Prince William et la politesse de *Downtown Abbey* et c'était l'un des meilleurs coups d'un soir de ma vie.

Il conclut sa phrase d'un rire, comme si c'était une plaisanterie, mais je ne voyais aucun humour dans ses yeux.

Je battis des paupières, sans être sûr d'avoir bien entendu. C'était quoi ce délire ? Alex était avec Marcia, à l'autre bout du parking pour donner une interview. Il n'y avait donc que Colorado et moi. Plaisantait-il ou était-ce un sujet personnel ? Souhaitait-il que je réponde au vide dans son regard ? Il était, à mes yeux, un homme optimiste et joyeux qui n'écoutait les conneries de personne, mais quelque chose clochait, chez lui.

— Tu vas bien ? lui demandai-je.

— Bien sûr.

Il me donna un coup dans le bras avant de s'éloigner pour rejoindre Alex. Je le suivis. Dieu seul savait de quoi il en retournait.

— C'était trop cool, annonça mon petit ami alors que son coéquipier cognait dans son poing.

Ils effectuèrent ensuite une étreinte complexe et virile avant de se séparer.

— À plus tard, les gars, dis-je en leur adressant un signe de la main et en les laissant.

Je n'avais pas besoin d'être un expert pour savoir que quelqu'un me suivait. Alex me rattrapa devant la porte sur le côté du bâtiment. Il était très proche de moi alors que nous descendions le couloir silencieux et je ne fus pas surpris lorsqu'il m'attira dans un passage encore plus sombre qui sentait le désinfectant. Il me vola un premier baiser avant que je sois prêt et je titubai contre le mur, avec Alex étalé contre moi. Le baiser s'embrasa dès que je fus stable et Alejandro passa les doigts dans mes cheveux avant de croiser les mains derrière ma nuque. Je me fichais de savoir qui passait et nous voyait à ce moment-là. Tout ce que je souhaitais, c'était le serrer contre moi et ne jamais cesser de l'embrasser.

Seulement, je ne pouvais pas faire ça. Nous avions du boulot, ou du moins, je devais retourner dans mon bureau et Alex devait redescendre pour faire ce qu'il faisait d'habitude après un entraînement et une course de surfaceuses. Il se préparait sans doute physiquement ou faisait quelque chose pour que son corps sexy soit encore plus ferme. Cette idée suffit à projeter vers le bas le sang qui me restait pour qu'il rejoigne le reste.

— Salut, dit-il en s'éloignant et en arrangeant son maillot.

— Salut à toi, répondis-je.

Il était beaucoup plus difficile de dissimuler une érection avec un pantalon de costume et une chemise.

— Tu m'as vu gagner ? s'enquit-il en passant une main sur mon pénis couvert.

J'éloignai ses doigts.

— Tu ne m'aides pas, lui chuchotai-je.

J'aurais aimé qu'il m'ignore et continue peut-être à me toucher. Il me fit plutôt un clin d'œil.

— Je sais. Mais tu m'aimes, donc ce n'est pas grave.

Nous nous l'étions dit tant de fois, pourtant nous ne nous en lassions pas.

— J'imagine que oui, répondis-je en lui souriant dans l'obscurité.

Il me gratifia d'un dernier long baiser ardent, puis s'en alla. Je restai là, à attendre de pouvoir partir sans offenser toutes les personnes que je croiserais.

— Il faut que tu prennes soin de lui.

La voix de Colorado me stupéfia, ce qui était le meilleur remède possible quand on était excité.

— Excuse-moi ? demandai-je d'une voix particulièrement polie.

— Son secret est pire que pour nous autres, tu sais, avec sa famille et sa religion. D'accord ?

— Je sais.

Je m'éloignai des ombres et Colorado me dévisagea avec une expression que j'avais déjà vue sur son visage quand la caméra zoomait sur lui, dans le filet. Une intensité concentrée. Il me claqua une main sur l'épaule.

— Tu es l'un des bons, Prince Will.

Je n'eus pas besoin de demander si je venais de recevoir l'un de ces surnoms approuvés par Colorado, je savais simplement qu'il m'appellerait ainsi à partir de maintenant. Le salopard.

Enfin, pour être honnête, je l'aimais bien.

QUINZE

Alex

L'ÉQUIPE TRIMA PENDANT TOUT LE MOIS DE MARS ET LA FIN de la saison n'était qu'à cinq matchs de là. Nous arriverions probablement en cette fin d'année à la quatrième place de notre division composée de huit équipes. Ce qui était une place de plus que l'année dernière, mais ce n'était toujours pas génial. Le coach m'avait permis de ne pas jouer lors du match de demain, comme je lui avais expliqué à quel point cet événement familial était important. Depuis cette *discussion* avec lui, mon respect pour le coach Carmichael avait grandi. Il était ferme, oui, et parfois strict, mais il avait bon cœur et un amour du hockey qui nous donnait envie de faire mieux, pour lui. Et j'adorais le hockey. C'était mon billet pour la grandeur et il m'avait mené vers de merveilleux endroits.

Cependant, toute mon attention était désormais focalisée sur mon plan audacieux pour faire mon coming-out à ma famille. La fête de ma sœur avait lieu demain. Alors que nous roulions vers San Luis, des flashs de l'horreur imminente surgissaient dans mon esprit. Ce serait moche. Très moche. Mon estomac était fermement noué, mais ma résolution était solide. Avoir Sebastian à mes côtés m'aidait. Son influence m'apaisait. Sa personnalité était détendue, difficile à agacer, plaisante et polie au point où j'avais parfois envie de lui botter le cul. Quant à moi, j'étais presque son opposé. Bien que j'essaie d'être gentil et courtois, j'avais tendance à m'emporter. Nous nous compensions l'un l'autre.

Je lui jetai un coup d'œil et souris. Il était un véritable rat du désert, actuellement. Avec ses lunettes de soleil, sa chemise en coton lâche, son short marron, ses sandales de cuir. Ses cheveux commençaient à s'éclaircir tandis que sa peau s'assombrissait. Il était encore bien pâle, comparé à moi, mais c'était un autre élément que j'aimais à propos de nous. Quand nous étions allongés nus, côte à côte, avec sa peau blanche crémeuse et la mienne cuivrée, notre amour était une beauté qui allait au-delà des préjugés et du sectarisme. L'âge, le genre, la race. Rien de tout ça n'avait d'importance quand deux cœurs se joignaient. Je priais pour que ma famille le voie également.

— Tu devrais regarder la route, me fit-il remarquer.

Je déviai rapidement vers ma voie de circulation.

— C'est bien.

— On arrivera à San Luis dans une dizaine de minutes, dis-je en tendant la main pour baisser le volume de l'une de mes chansons préférées de Thalía. Tu as encore le temps de changer d'avis.

— Aucune chance. Tu es coincé avec moi.

Je souris, mais ma joie était feinte. Quand je m'engageais dans l'allée de la maison modeste de mes parents, mes nerfs étaient en pelote. Alors que le moteur refroidissait, je restai planté là à regarder fixement la maison dans laquelle j'avais grandi, trop effrayé pour sortir de ma Jeep.

— Je serai à tes côtés, dit Sebastian.

Sa voix me libéra de cette incarnation de la panique que je regardais.

— Très bien, oui, allons-y.

Dès que la porte s'entrouvrit, les odeurs, les bruits et ma fratrie m'assaillirent. Plusieurs cousins, des tantes et quelques oncles également. Sebastian se glissa derrière moi, souriant poliment alors que ma petite sœur se jetait à mon cou. J'effectuai rapidement les présentations, les yeux marron et intelligents d'Elizabeth alternant entre moi et Sebastian, que j'avais présenté comme un ami. Elle passa ses bras au creux de nos coudes et fonça en avant.

Des enfants, bambins ou adolescents, fourmillaient. Certains me tapotaient le dos alors que je me frayais un chemin au milieu de mon immense famille sociable. Je trouvai ma mère et ma grand-mère dans la cuisine. Elles y préparaient le dîner de ce soir.

— *Mamá*, regarde qui est enfin arrivé ! cria Elizabeth, avant de me pousser au milieu du groupe de femmes entassées dans la petite cuisine.

Je jetai un coup d'œil derrière moi alors que j'étais pincé, embrassé, tapoté et qu'on me tendait des cuillères remplies de bœuf, de porc et de poulet savoureux. J'étreignis affectueusement ma mère en mâchant l'un des poivrons farcis d'*Abuela*.

— *Mi niño* ! s'extasia *Mamá* en écartant les cheveux devant mes yeux. *Deberías habertelo cortado para la fiesta, Alejandro.*

— C'est bon, dis-je en soupirant.

Je regardai par-dessus la tête de ma mère et trouvai Elizabeth et Sebastian dans une conversation assez passionnée près de la porte à l'arrière de la maison.

— Mes cheveux ont la bonne longueur pour la fête. *Abuela*, dis-lui que ce look me va bien.

Ma grand-mère arriva pour me défendre, comme elle l'avait toujours fait. Bientôt, la pièce s'emplit de mots espagnols qui nous parvenaient des fenêtres ouvertes. Je me libérai après avoir été dorloté et attirai Sebastian dans un coin.

— Je vous présente Sebastian.

Vingt paires d'yeux marron emplis de jugement se focalisèrent sur nous.

— C'est mon bon ami.

Le silence était assourdissant. Les joyeuses conversations de ces femmes hispanophones se turent. Ma mère chuchota quelque chose que je n'entendis pas.

— C'est un plaisir de tous vous rencontrer, dit Seb alors que le malaise s'intensifiait.

Ne sachant pas exactement ce qui les avait ébranlées, je poussai Sebastian par la porte à l'arrière de la maison. Nous quittâmes donc le pays des œstrogènes pour tomber immédiatement dans celui de la testostérone. Les regards que nous lancèrent mon père, mes oncles et mes cousins me poussèrent à me demander si l'horrible silence dans la cuisine n'était pas mieux. Les mecs étaient assis à l'ombre, sous les arbres, et regardaient un match de baseball. J'effectuai les présentations. Seb ne se souviendrait jamais de tous les prénoms, le pauvre.

— Alejandro, viens boire une bière, me lança mon cousin Héctor depuis la table de pique-nique où la télé avait été placée. Les femmes nous ont chassés.

Il m'asséna une claque dans le dos avant de lancer un drôle de coup d'œil enivré à Seb. Je sortis une bière fraîche de la glacière, en donnai une à mon petit ami et m'assis à l'ombre en enjambant le banc en bois. Sebastian s'installa juste à côté de moi.

Un nuage d'incertitude commença à nous envelopper quand nous passâmes une trentaine de minutes à regarder le match.

— Bon, Alejandro, je pensais que tu rentrerais à la maison avec une jolie fille, pas avec un étranger blanc, bafouilla Héctor.

Son regard s'attarda sur Sebastian alors qu'il lançait ce commentaire acerbe.

— Il y a sûrement assez de femmes pour que tu en choisisses une sans avoir à trimballer ce trouduc anglais partout ? À moins que le temps que tu as passé à jouer avec cette pédale de Madsen ait déteint sur toi ?

Tout cela avait été dit en espagnol. Sebastian me jeta

un coup d'œil alors que je réfléchissais à ma réponse. Mon père commença à réprimander Héctor, mais il fut le seul à intervenir. Bon sang. Je n'avais même pas pu voir mon frère aîné et ma grande sœur, comme ils travaillaient encore.

— *Alex…* chuchota Sebastian tandis que la tension s'intensifiait.

— Non, à vrai dire, ce n'est pas jouer avec Ryker qui a déteint sur moi. J'étais une pédale bien avant de patiner avec lui.

— Oh, bordel, non ! Ce trouduc t'a retourné le cerveau ? rugit Héctor, son visage marbré par une fureur folle et instantanée.

La situation passa de mauvaise à absolument horrible en un clin d'œil. Pour une raison quelconque, Héctor prit de l'élan pour frapper Sebastian. Celui-ci ignorait totalement ce qui se passait, comme nous ne parlions qu'en espagnol. Le coup lui arriva dans l'œil et je passai au-dessus de la table de pique-nique afin de sauter sur le fils de ma tante et de commencer à le tabasser. Des chaises et des boissons s'envolèrent alors que d'autres hommes se joignaient à la mêlée.

Lorsque mon père m'eut enfin maîtrisé et coincé contre la haute clôture en bois autour de notre jardin, Héctor fut accompagné à l'intérieur avec son visage ensanglanté. On avait donné un sachet de glace à Sebastian et il était assis sur une chaise longue, la glace contre le côté droit de son visage et sa tête presque entre ses genoux. Tant de personnes me criaient dessus en même temps que je ne comprenais rien. Je ne pus percevoir que quelques petites choses, comme ma petite sœur qui pleurait près de la table, sur laquelle des cartons de T-shirt jaunes customisés pour la fête de demain avaient tous été renversés et piétinés ; ma mère qui était blême et tremblante ; mon *Abuela* qui touchait son rosaire tout en tapotant Sebastian dans le dos.

Je me libérai de mon père, ce qui n'était pas chose aisée, et partis précipitamment m'agenouiller dans l'herbe à côté de mon petit ami. Mon genou se posa dans de la bière renversée. Il leva la tête. Je fus stupéfait de voir un genre de sourire tremblant sur son beau visage.

— Ta famille sait certainement organiser les teufs.

Il gloussa avant de geindre. Je posai mon front contre sa cuisse. Quelque part, au loin, dans le brouillard, j'entendis mon père chasser les invités hors de la maison. Seb passa les doigts dans mes cheveux.

— Mon héros, chuchota-t-il alors que ma famille quittait les lieux.

Lorsqu'il ne resta que ma grand-mère, ma mère, mon père et ma sœur, je me levai, les doigts posés sur l'épaule de Seb.

— Je suis désolé que ça se soit produit ainsi, dis-je d'une voix tremblante.

Mes articulations étaient sanguinolentes. Les membres de ma famille me dévisageaient, évidemment choqués. Enfin, sauf *Abuela*, qui acquiesça, comme si elle s'y était attendue.

— Je comptais vous le dire pendant le dîner, quand il n'y aurait eu que nous, mais ce putain d'Héctor...

— Alejandro, surveille ton langage, rétorqua *Papá*.

Je lui chuchotai mes excuses.

— Nous sommes déjà en colère contre toi pour ce que tu as fait ! ajouta-t-il.

— Oui, pourquoi devais-tu gâcher le grand jour de ta sœur ? demanda *Mamá*.

Je n'avais pas de véritable réponse à lui fournir.

— Qu'as-tu fait pour que ça se produise ? *Comment* ça s'est produit ? Ne t'ai-je pas bien élevé ?

— *Mamá*, arrête ! cria Elizabeth en s'essuyant les yeux avec ses longues manches. Vous donnez l'impression que l'homosexualité d'Alejandro est sale et malsaine ! Ce n'est pas le cas.

— Aux yeux de Dieu…

— Non, *Mamá*, Dieu aime tous ses enfants, la contredit Elizabeth.

J'adorais tant ma petite sœur fougueuse.

— Ces conneries-là sont démentes. Pourquoi notre monde est-il aussi empli de haine ! Quiconque est un peu différent est malsain et commet un péché. Ce ne sont que des conneries ! Tu n'aimes pas Dwayne parce qu'il est noir et maintenant, tu n'aimes pas ton propre fils parce qu'il est gay ? C'est stupide et *tu es* stupide !

— *Elizabeth* ! cria *Papá*.

Elle refusa cependant de se taire jusqu'à ce que notre père la menace de la priver de son argent de poche. Elle s'assit alors, mais pas une seconde avant. De plus, elle ne s'installa pas à leurs côtés, rejoignant plutôt Sebastian.

— Pouvons-nous tous arrêter de crier et de parler

ainsi au pauvre Alejandro ? s'enquit *Abuela* en titubant pour trouver une chaise confortable à l'ombre. Vous criez tant pour une si petite chose.

— Ce n'est pas une petite chose si ce garçon est gay ! aboya ma mère avant de baisser la voix, au cas où les voisins écouteraient aux portes.

Selon moi, il était bien trop tard pour craindre que la disgrâce des Santos-Garcia fuite. Le pâté de maisons tout entier savait que j'avais annoncé mon homosexualité et tabassé mon cousin. Je recommencerais. Personne ne frappait mon petit ami. Pas tant que je respirais.

— Si, ça l'est. Il est ainsi depuis longtemps et il n'y a rien de mal à ça. Comment l'amour peut-il être mauvais ? demanda *Abuela*, avant de récupérer la bière de quelqu'un et de boire une longue gorgée. C'est comme parler de qui embrasse qui. Ta tante Celeste était gay, aussi, mais tu ne me vois pas lui hurler dessus.

— *Tia* Celeste est morte depuis vingt ans, expliquai-je à Seb.

Il hocha la tête avant de grimacer.

— Écoutez, je sais que ça s'est mal passé, dis-je. On peut y aller. Je crois qu'on devrait partir.

— Oui, je pense, chuchota ma mère dont les yeux étaient mouillés de larmes.

Elizabeth recommença à crier, tout comme ma grand-mère, mais finalement, je pris Sebastian par la main et le guidai vers ma Jeep. Ma petite sœur nous suivit.

— Restez, s'il vous plaît, restez, me supplia-t-elle.

Ses joues lisses étaient trempées. Je l'attirai contre mon torse et l'étreignis ardemment, de longues mèches de ses cheveux bruns volant devant mon visage.

— S'il te plaît, ne les laisse pas te chasser. Reste. On va en discuter. S'il te plaît, s'il te plaît, je veux que tu sois présent. C'est *ma* fête, bordel, pas la leur ! S'il te plaît, reste. Ne laisse pas des trouducs comme Héctor tout gâcher pour toi. S'il te plaît, s'il te plaît, reste.

Je jetai un coup d'œil à Seb, qui se tenait près de ma Jeep, son œil enflé prenant déjà une belle teinte noire. J'allais tuer Héctor.

— Devrions-nous rester ? À toi de voir, Sebastian.

SEIZE

Seb

La grand-mère d'Alex arriva en courant derrière nous, comme si elle avait une mission à accomplir. Je fis un pas en arrière pour éviter qu'elle me fonce dedans.

— Discutons, dit-elle.

À côté de moi, Alex secoua la tête.

— Je ne veux pas que tu te retrouves au milieu de tout ça, *Abuela*.

Je pensais que, peut-être, ce serait bien d'avoir un médiateur, mais manifestement, elle avait certaines idées à propos d'Alex et moi.

— Venez. Venez vous asseoir, j'ai des conseils avisés à vous prodiguer.

Elle tira sur mon bras afin de me séparer de mon petit ami et je lui lançai un coup d'œil inquiet. Alex ferma brièvement les yeux avant de secouer la tête, je suivis donc sa grand-mère jusqu'au banc.

— Bon, laisse-moi d'abord te dire quelque chose. *Mi nieto*, mon petit-fils, a cru pendant des années qu'il était malin en nous cachant ça, dit-elle avant de tapoter sa poitrine. Mais moi, je vois tout avec lui. Je sais depuis longtemps qu'il est gay. Ma sœur Celeste était *lesbiana* depuis qu'elle était assez vieille pour distinguer les filles et les garçons. Dans ma jeunesse, les gens ne faisaient pas de coming-out avec de grandes parades de fiertés comme ils le font maintenant. Être lesbienne aurait été l'insulte ultime envers un homme, car un « être inférieur ne lui aurait pas donné ce qu'elle devrait ».

La douleur transperça ma poitrine. La vieille dame sembla dévastée lors de notre discussion. J'étais inclus dans cette grande vérité et ce poids était étouffant.

— Celeste était adorable, mais elle a terriblement souffert. Elle a subi des viols en guise de punition, a été obligée de se marier pour éviter le scandale, mais son mari a fini par mourir et elle s'est libérée. Elle a trouvé Celeste. Les *homosexuales* et les *lesbianas* se cachent. Ils se cachent toujours par peur des critiques de leur famille et de l'Église.

Elle secoua la tête et marqua une pause.

— Je suis désolé, murmurai-je.

Elle me tapota le genou. J'ignorais si c'était pour me rassurer ou pour s'ancrer dans la réalité.

— Celeste n'a jamais dit à nos parents qui elle était vraiment. Elle s'est cachée, mais elle me l'a avoué. Elle me l'a dit, à moi, sur ses huit sœurs. Et je lui ai dit d'être toujours honnête. Je l'ai encouragée à le dire à *Mamá* et *Papá*, mais elle ne l'a pas fait. Elle est morte sans jamais dire la vérité. Elle est morte seule, sans amour pendant bien trop d'années, conclut-elle en appuyant une main sur sa poitrine. Ça me brise le cœur. Dieu ne dit pas que quelqu'un est mauvais parce qu'il aime un type de personnes, seuls les gens le font, conclut-elle d'un air passionné.

— Je suis d'accord. Alors, quel conseil allez-vous me donner ? D'aider Alex à voir que…

— Non, pas seulement. Tu es plus vieux qu'Alejandro, plus stable dans la vie. Tu as plus vécu, tu en as vu plus. Tu dois aller parler à ma fille. Pour lui faire comprendre qu'ils pourraient perdre leur fils s'ils n'essaient pas de trouver un terrain d'entente, *un compromiso. Si ?* Tu comprends, Sebastian ?

Je comprenais. Mais l'idée d'aller trouver les parents d'Alex et de leur parler était terrifiante. J'étais déjà le méchant de l'histoire, celui qui, selon Héctor, avait retourné le cerveau de leur fils. Ou était-ce Elonso ? Je n'arrivais pas à m'en souvenir, car j'avais mal à la tête et mes pensées tourbillonnaient si vite que j'en avais la nausée. Lorsque j'étais allé à Cambridge, la première fois, tel un mec bizarre dans le groupe de gosses de riches avec qui je m'étais retrouvé, j'avais décidé instantanément que je deviendrais différent, une toute nouvelle personne qui parlait sans accent, qui était malin et amusant et qui pouvait tenir une conversation.

Je n'avais qu'une chose à faire, canaliser mon courage, et je devais donc le retrouver. Pour Alex.

— Je le ferai, dis-je avant de me lever.

J'époussetai mon short et partis vers la maison.

— Que fais-tu ? me demanda Alex.

— Accorde-moi un peu de temps, dis-je en voyant mon petit ami.

Son *abuela* et une Elizabeth très déterminée l'interceptèrent pour qu'il ne me suive pas.

J'hésitai devant la porte annexe, puis, les épaules redressées, je frappai vivement. J'entendis du mouvement à l'intérieur. Papa Garcia ouvrit la porte et jeta un coup d'œil dehors, vérifiant probablement où se trouvait Alex. Je vis l'inquiétude sur son visage quand il remarqua son fils au bord de la route.

— Ce n'est pas le bon moment, m'indiqua-t-il.

Il était sur le point de me claquer la porte au nez, mais je l'en empêchai avec ma main. Il ne me força pas à m'écarter. À vrai dire, je lus même un éclat de respect dans son regard. Il soupira.

— Il vaudrait mieux que vous rentriez.

La porte me mena dans un couloir, puis le père d'Alex me guida jusqu'à la cuisine, où quelques minutes plus tôt seulement, Alex avait été pincé, étreint et aimé par tout le monde tandis que les invités me jugeaient. Désormais, la pièce était déserte et silencieuse. Je n'entendais plus que les petites inspirations de la mère d'Alex, mais l'odeur de tomate et d'herbes était toujours présente et la nourriture était empilée d'un côté. Tout avait dégénéré, aujourd'hui, mais avec du recul, Alex aurait peut-être dû parler seul à seul avec ses parents bien avant d'entrer dans une maison bondée où tout pouvait se produire… et où tout s'était produit.

— Monsieur, madame, pourrions-nous discuter ?

Je ne m'assis pas avant qu'on m'y invite et je n'entrai même pas entièrement dans la cuisine jusqu'à ce que sa mère lève les yeux vers moi et acquiesce. C'était bon signe, n'est-ce pas ? Tout ce que je savais, c'était que la position de l'Église catholique sur l'homosexualité était basée sur la distinction entre être lesbienne ou gay et agir comme tel, sur le fait d'accepter cette orientation sexuelle tout en s'accrochant à l'idée qu'agir en conséquence était un péché malsain.

Je me tenais près de la table. Ma poitrine était comprimée par la nervosité et la douleur. Que se passerait-il si j'empirais les choses ? Et si je gâchais tout pour Alex, qu'il perdait sa famille et ne voulait plus de moi ? Que ferait-il ?

Sa mère marmonnait dans sa barbe, son rosaire à la main. Ses yeux étaient injectés de sang. Elle avait pleuré, assurément.

— Asseyez-vous, m'ordonna Papa Garcia.

Je lui obéis immédiatement. C'était comme se rendre dans le bureau du principal pour une punition, mais ça ne voulait pas dire pour autant que je devais agir comme si j'étais effrayé et incapable de parler.

— Pourquoi ? demanda Mama Garcia d'un ton angoissé.

Pourquoi quoi ? Pourquoi leur avait-il dit ? *Ou* pourquoi était-il gay, pour commencer ? Il était né ainsi et il souhaitait que sa famille le sache. Cette réplique répondrait à tout, mais elle paraissait dédaigneuse.

— Je ne comprends pas la question, répondis-je enfin.

— Pourquoi maintenant, pourquoi ici ? s'enquit-elle.

— Pourquoi tout court ? ajouta Papa Garcia d'un ton grave et menaçant.

Je ne comptais pas me lancer dans cette impasse en parlant de la science qui s'opposait à Dieu et je choisis donc prudemment mes mots.

— Il accepte ce que Dieu a fait de lui, expliquai-je.

Ce qui était vrai. Alex croyait en Dieu, il avait la foi, et être gay ne réfutait pas tout cela. Je savais d'expérience que c'était un défi de se montrer fidèle à soi-même.

Mama Garcia prit une inspiration et laissa échapper un flot d'espagnol que je n'avais aucune chance de comprendre.

— *No hablo español*. Je suis désolé.

Ma réponse provoqua chez elle une autre tirade, mais cette fois-ci dans un anglais parfaitement clair.

— Il dit qu'il est avec un homme, qu'il est gay, mais l'homme qu'il dit aimer ne peut même pas parler notre langue.

— J'apprendrai.

À vrai dire, j'avais déjà commencé avec quelques mots, mais ce n'était pas sur ce terrain que je voulais m'aventurer. J'avais besoin de parler d'un compromis pour Alex, pas de faire des promesses à ses parents sur le genre d'homme que je pouvais être pour leur fils s'ils me laissaient faire. Je pris quelques inspirations apaisantes. Papa Garcia s'était assis face à moi et me dévisageait tant que j'étais surpris de ne pas prendre feu sous son regard noir.

— Je comprends que vous avez besoin de tout encaisser, car la nouvelle que vous a annoncée Alex vous a dévastés, mais ce n'est certainement pas un poids que vous souhaitez mettre sur les épaules de votre fils. Pouvez-vous essayer d'accepter qu'il soit sincère avec vous et que son coming-out ne vous concerne pas ? Ça ne concerne qu'Alex lui-même et le fait que nous sommes amoureux.

Papa Garcia se crispa encore davantage.

— Qui êtes-vous pour vous pointer chez moi et nous dicter notre réflexion !? cracha-t-il.

Merde. Effectivement, c'était ce que j'avais fait, je repensai donc à la direction que prenait cette conversation. J'ignorais pourquoi l'*abuela* d'Alex croyait que j'avais l'ombre d'un espoir d'obtenir un compromis quelconque ici.

— Alex pense qu'il a fait quelque chose de mal et il ne veut pas se sentir ainsi…

— Est-il sûr ?

Mama Garcia interrompit ma déclaration sincère et, l'espace d'un instant, je ne compris nullement ses mots.

— Est-il sûr d'être gay ? Oui.

Des larmes silencieuses coulèrent sur son visage.

— Il mourra du SIDA. Le fils de Marie Alonso a le SIDA ! Le VIH comme vous l'appelez. Pire, il brûlera en enfer et je serai incapable de le sauver. Mon Alejandro brûlera pour l'éternité et vous, vous restez assis là à me dire qu'il sait qu'il est gay ? Comment un garçon qui aime son Dieu et est un bon catholique (elle fit un signe de croix) peut-il ressentir cette honte de lui-même ?

Merde alors, le paragraphe qu'elle venait de me lancer était assez lourd.

— Il n'aura pas plus le VIH que vous, dis-je enfin. En préférant dire à quelqu'un comment il pourrait mourir, vous ne l'aidez pas à célébrer sa vie. Enfin, je pourrais me faire écraser par un bus demain et…

— Soyez respectueux, m'interrompit Papa Garcia.

— Puis-je le faire entrer ? Pouvons-nous discuter, tous les quatre ? Parce qu'il a le cœur brisé. Il a tout perdu, et ce moment est le meilleur pour lui donner l'impression qu'il est la personne la plus seule au monde. Je ne peux pas parler au nom d'Alex, mais je sais qu'il est perdu dans cette histoire et qu'il est effrayé par ce qu'il ressent. Il est aussi effrayé de votre réaction.

Mama Garcia me dévisagea et écarquilla les yeux.

— Effrayé ?

— Effrayé, seul, perdu. C'est un adulte, mais il a besoin de sa famille et l'idée de ne plus avoir votre amour le détruira.

— Je ne veux pas lui faire de mal, murmura Mama Garcia avant de tendre la main vers celle de son mari. Mais son âme, comment puis-je…

Elle recommença à pleurer et Papa Garcia s'approcha d'elle afin de pouvoir lui caresser les cheveux. C'était un moment si intime. Je voyais leurs trente années de mariage et d'amour, voire plus, en un seul contact. C'était ce que je souhaitais avec Alex et c'était ce qu'il voulait avec moi. Je me creusai les méninges pour penser à ce que je pouvais faire ici. Sans sa famille, Alex serait véritablement perdu. Je pouvais leur dire que je m'en irais, mais ça ne rendrait pas leur fils hétéro.

— Puis-je vous raconter quelque chose qui s'est passé la semaine dernière ?

Ils se retournèrent pour me regarder.

— J'ai vu quatre hommes s'approcher de lui après un match. Des fans avec des maillots. Ils avaient tous les quatre bu trop de bières et ils voulaient lui poser des questions sur le hockey. Dès le début, je ne les ai pas aimés. Ils paraissaient presque menaçants, mais quand je me suis prudemment rapproché, j'ai vu qu'ils l'avaient acculé dans un coin. Ils le faisaient discrètement, sans se faire remarquer, et Alex ne pouvait pas les éloigner sans en faire toute une histoire. Il a été très poli, mais ils le provoquaient et pas une seule fois, il n'a perdu son calme ou sa concentration. C'est grâce à vous, ses parents. Il déteste peut-être ce qui lui arrive, mais il a une volonté de fer. Et sa fierté ? Elle m'écrase, parfois.

— Il peut être têtu, avoua Mama Garcia en relevant le menton. Et il a toujours été un bon fils.

Grâce à ses mots, un éclat de lumière apparut derrière les nuages noirs. Je m'en servis.

— Il sera toujours un *bon* fils…

Je m'arrêtai quand Papa Garcia jura d'une voix forte et quitta la pièce. J'avais l'impression que même si la mère d'Alex commençait à m'écouter, son père désavouait cette situation incontrôlable. Si je pouvais obtenir un compromis avec un seul de ses parents, j'avais de l'espoir pour lui.

— C'est un homme merveilleux et je l'aime plus que la vie elle-même. Il aura toujours mon soutien, quoi qu'il arrive, mais il serait un homme brisé s'il perdait sa famille.

Elle posa la main sur sa poitrine et l'appuya contre son cœur.

— Vous l'aimez sincèrement ? Comme un homme aime une femme…

Elle fut brusquement troublée.

— J'ignore comment le dire.

— Je l'aime comme une personne en aime une autre, l'encourageai-je délicatement. Entièrement et complètement. Quand je rentrerai chez moi, ce sera difficile, mais nous ferons en sorte que ça fonctionne.

Nous demeurâmes assis en silence un moment.

— Vous ne serez pas obligé de me voir, demain, mais Elizabeth souhaite que son frère assiste à sa fête et vienne à l'église. S'il vous plaît, ne lui brisez pas le cœur en le rejetant.

Elle serra fermement ses bras autour de son corps et j'attendis, le souffle coupé.

— Je verrai Alex demain matin, chuchota-t-elle. J'ai besoin de parler à son *papá* pour essayer de les maintenir à distance et apaiser cette situation.

Elle s'éclaircit la gorge.

— Mais je ne vous verrai pas, vous. C'est trop.

Je pouvais l'accepter, bien que je doute qu'Alex en soit ravi. Sa mère faisait tout de même un compromis. Peut-être que mon petit ami devait également le faire pendant un moment.

— Merci, dis-je d'une petite voix.

Je passai ensuite par la porte à l'arrière de la maison. Alex m'attendait, la peur se lisant sur son visage.

— Ça ira, pour elle, dis-je en exagérant l'espoir que j'avais vu en elle. Elle veut que tu viennes demain.

Il ferma brièvement les yeux et acquiesça. Je le laissai ensuite pour que sa sœur et lui puissent discuter en privé. Lorsqu'il monta dans la voiture, il parut épuisé. J'eus envie de le toucher ou de le serrer dans mes bras, mais je n'en fis rien. Je démarrai plutôt le moteur et partis vers notre hôtel.

Où je devrais lui annoncer le marché que j'avais conclu avec sa mère.

DIX-SEPT

Alex

—

— Non, oublie.

L'expression maussade de Sebastian n'allait pas m'influencer. Son regard suppliant non plus.

— Alejandro.

Il soupira, attirant mon attention alors que je faisais les cent pas dans notre chambre d'hôtel confortable comme un puma en cage. Je ne l'avais entendu employer mon nom espagnol qu'une seule fois, auparavant. J'étais toujours Alex, ou bien il m'affublait d'un surnom affectueux. Il était clair que j'étais venu à bout de sa patience et de sa convenance britannique.

— Non. Je t'ai emmené parce que je voulais être vu avec toi. Pour faire savoir à ma famille que nous sommes en couple, que je suis gay et que je n'ai plus honte de l'être.

— Je dirais que tu as annoncé ton statut de queer avec succès, à tout le clan Santos Garcia, et avec robustesse, si ce n'est avec éloquence.

Il était assis dans un fauteuil gris, près de la fenêtre. L'air soufflait sur les rideaux blanc et vert. Son œil devenait de plus en plus violet chaque minute.

— Maintenant que la bombe a été lancée, il est temps de commencer à passer les débris au crible à la recherche de survivants.

— Il n'y en a aucun.

Je tombai sur le lit, mes jambes devenant fatiguées. Je tournais en rond dans cette chambre depuis plus d'une heure, pour essayer de chasser une partie des émotions qui menaçaient de m'engloutir.

— Ce n'est pas vrai, répondit-il d'une voix douce en jetant son sachet de glace sur la table de nuit. Ta sœur et ta grand-mère te soutiennent.

— Waouh, deux sur combien ? Deux cents ?

— Beaucoup de gays n'ont même pas deux personnes, me rappela-t-il.

Je grognai, me sentant coupable, et la colère qui bouillonnait en moi se refroidit légèrement.

— Je prends le risque de dire que beaucoup d'autres vont t'accepter.

— Pas mes parents…

Il se leva, avança vers le lit et s'assit à mes côtés. Il glissa une main dans mon dos et le barrage se brisa. Je ne pouvais retenir ce torrent de douleur. Il me fit passer au-dessus du barrage, tout comme je l'avais craint. Après un halètement rocailleux, les larmes étaient là. Seb m'attira contre lui et posa ma tête sur son épaule. Il laissa couler mes larmes jusqu'à ce que je devienne incapable de pleurer.

— Tiens, me chuchota-t-il en me passant une petite boîte de mouchoirs couleur émeraude.

J'essuyai mes yeux et me mouchai avant de tousser. La honte réchauffait mes joues. *Papá* aurait été si dégoûté de voir ces larmes. Les hommes, les vrais, ne pleuraient pas. Bien sûr, *Papá* était déjà écœuré par son fils cadet, donc une crise de larmes le pousserait-il à le détester encore davantage ?

— Je n'aurais pas dû leur faire mon coming-out, dis-je d'une voix éraillée et chargée d'émotions. Je savais que je n'aurais pas dû le faire. Au plus profond, je le savais. Ce n'était pas si mal de vivre avec ce mensonge.

— Alex, tu sais que ce mensonge te rongeait de l'intérieur comme de l'acide.

Il passa une main sur mes cheveux et sur ma nuque.

— Cacher qui tu étais détériorait chaque aspect de ta vie, du hockey à tes amitiés en passant par toutes les relations que tu aurais aimé avoir. Non, faire ton coming-out était le bon choix. Cette décision t'a sauvé la vie. Tu as choisi de l'annoncer de façon un peu… cataclysmique, mais l'intention était saine.

Un ricanement bourru m'échappa.

— J'ai foutu *la mierda*.

— Oui, oui, effectivement, mais c'était inévitable. Nous savions que ta nouvelle les mettrait en colère. En revanche, nous ignorions qu'ils seraient si rapides pour frapper un Anglais parfaitement innocent en pleine face.

Je fermai les yeux.

— Je suis vraiment désolé que tu aies été blessé. Tout

ce bordel était un... bordel. J'ai perdu ma famille, maintenant.

La douleur était incroyable.

— Non, non, tu ne l'as pas perdue. Tu as encore une famille qui t'aime. Ta mère veut te parler demain matin. Va la voir. Assieds-toi avec elle et discutez.

Son contact sur mon crâne était apaisant. Je ne voulais pas qu'il s'arrête.

— Pas sans toi, déclarai-je avec autant de force que je pouvais en amasser, ce qui ne représentait pas grand-chose.

J'étais rincé.

— Si, sans moi. Ma présence contrarie tes parents et je comprends pourquoi. Non, s'il te plaît, arrête de me défendre. J'aime que tu me protèges autant, sincèrement, dit-il avant de déposer un baiser sur le lobe de mon oreille. Mais je suis un adulte. Je suis capable de supporter un peu d'aversion, fais-moi confiance. Pour l'instant, ils doivent mettre de la distance entre eux et l'homme plus âgé qui, pensent-ils, t'a mené vers ce style de vie gay.

— Ce ne sont que des conneries et tu le sais ! crachai-je.

Je levai la tête de son épaule alors qu'une nouvelle vague de colère faisait son apparition.

— Nous le savons, mais eux, ils ne le savent pas. Alex, ils ne connaissent presque rien de l'expérience LGBT. Ils savent seulement ce que leur ont enseigné les bonnes sœurs et les prêtres. C'est à toi de les éduquer. De façon calme et rationnelle. Et avec amour. Tes parents t'aiment beaucoup. Je l'ai vu. Ils changeront d'avis, je le sens.

— Mais je veux que tu viennes à la fête. Tu es mon petit ami. Ce n'est pas juste que tous les autres puissent emmener la personne qu'ils aiment, et pas moi.

Dès que ces mots franchirent mes lèvres, j'entendis le ton de petit morveux que j'avais employé.

— Non, ne dis rien. La vie n'est pas juste.

Je soupirai. Il me gratifia d'un sourire las.

— Que vas-tu faire demain, seul, toute la journée ? Je… putain ! Je déteste l'idée de te laisser ici.

— Tout ira bien pour moi. J'ai des livres à lire sur mon portable, du travail à faire, une télé, un bar et le room-service.

Il glissa la main dans mes cheveux, ses ongles griffant gentiment mon crâne. Je frissonnai, ravi, comme un chiot dont on caresserait le ventre.

— Ça ira pour moi. Ça ne dure que quatre heures, n'est-ce pas ?

— Oui, mais quand même…

Nous sursautâmes tous les deux quand quelqu'un frappa à la porte. Je me levai et partis dans la salle de bain à pas feutrés pour me laver le visage, laissant Seb gérer le perturbateur. Quand je sortis de la salle de bain, mes joues refroidies par l'eau, je m'arrêtai brusquement, car mon regard s'était posé sur Juan, qui se tenait aux côtés de Sebastian.

Mon frère aîné me jeta un coup d'œil, écarta les bras et m'appela. Je m'étouffai avec les sentiments qui s'accumulèrent subitement dans ma gorge. Je contournai le lit en trottinant et étreignis tant mon frère qu'il rit d'une voix sifflante.

— *Oh, hermanito, qué dias has tenido*, murmura-t-il pendant notre étreinte.

Oui, ça avait été une sacrée journée pour son petit frère.

— Luisa et Elizabeth, tout comme *Abuela*, discutent avec nos parents pour leur dire qu'ils doivent se détendre un peu, entrer dans le vingt et unième siècle et te laisser vivre ta vie comme Dieu l'avait prévu.

J'adorais tant mon frère et mes sœurs, actuellement, que j'en étais bouche bée. Tous les trois, nous restâmes assis à discuter jusqu'à minuit, en sirotant de la bière du minibar et en essayant de comprendre comment gérer les festivités de la *quinceañera* d'Elizabeth demain. Il n'y avait pas de réponse évidente, mais j'avais été contraint d'abandonner Sebastian pour cette fête. Je ne le ferais pour aucune autre. Il faudrait l'expliquer à mes parents, au prêtre et à quiconque avait un problème avec le nouvel Alejandro gay.

Néanmoins, avoir organisé tout ça ne m'aida pas à dormir. Je m'allongeai dans le lit, aux côtés de Seb, et l'écoutai respirer tout en regardant fixement le costume gris foncé que j'avais emporté pour la fête et que j'avais suspendu à la porte de la salle de bain. Le lendemain m'apporta une nouvelle angoisse alors que je récupérais mon costume et mes chaussures une fois que je me fus douché et rasé, et que j'eus embrassé Sebastian pour lui dire au revoir. Je détestais, et je disais bien *détestais*, voir cette porte d'hôtel se fermer derrière moi. Le trajet jusqu'à la maison modeste de mes parents, avec trois chambres et deux salles de bain sur East Adobe Street, ne fut nullement joyeux. Je me garai dans la courte allée, devant la maison en stuc, et la regardai fixement. J'avais grandi ici. J'avais joué sous l'abri de voiture, j'étais allé à l'école à deux pâtés de maisons, j'avais fait du vélo sur les trottoirs, dormi dans un lit superposé au-dessus de mon frère pendant des années. J'avais mangé et je m'étais lavé, j'avais prié ici, j'avais chanté des chansons avec *Abuela* alors que nous cuisinions des *empanadas*, des *conchas* et des *marranitos*. Actuellement, ça ne ressemblait pas à mon chez-moi. Ce n'était qu'une vieille maison construite à la fin des années quatre-vingt qui manquait de cœur. Car j'avais été obligé de laisser mon cœur dans cette chambre d'hôtel.

La porte d'entrée s'ouvrit. Elizabeth sortit en courant, ses cheveux déjà artistiquement coiffés, sa tiare accrochée sur sa tête, ses yeux brillants et ses pieds nus. Le short en jean déchiré et le débardeur des BTS, associés avec la tiare parée de bijoux au milieu des épaisses boucles ébène, lui donnaient une sacrée allure, ce qui me fit sourire. *Elle* me fit sourire. Je fus emporté par sa joie et avant même de m'en rendre compte, j'étais dans la maison, mon costume par-dessus mon épaule, à l'écouter parler inlassablement de sa robe qui était jaune, de son maquillage, de son Dwayne, de sa première paire de hauts talons que *Papá* lui offrirait et de sa dernière poupée que lui donnerait *Mamá*. Je ne lui en voulais pas d'être quelque peu autocentrée. C'était sa journée. Pas la mienne. Je m'étais résigné après avoir discuté avec Juan et Seb et j'avais décidé que mes conneries ne terniraient pas la journée spéciale de ma petite sœur. Si quelqu'un s'en prenait à moi ou me balançait des insultes, je l'ignorerais. Quatre heures. Je pouvais supporter la haine pendant quatre heures. Je l'avais fait toute ma vie.

Mamá sortit de la cuisine, ses cheveux également coiffés sur sa nuque dans un style élégant et bouclé. Elle était en peignoir et chaussons, mais ses belles boucles d'oreille en perles pendaient de ses lobes.

— Tu es en avance, me dit-elle en tendant la main pour toucher mon bras. On s'occupe de notre coiffure. *Abuela* est dans sa chambre avec ta *Tia* Margarita. Viens t'asseoir avec moi. On devrait parler autour d'un café.

— *Si, Mamá.*

Nous passâmes devant une grande statue de la Vierge Marie, le rosaire de mon arrière-grand-mère pendant des mains de la femme en prière. J'embrassai mes doigts, puis les posai sur la robe bleu clair de Marie, lui demandant silencieusement son amour et ses conseils pendant que je parlais avec ma mère. Je m'assis à ma place habituelle, sur le fauteuil à côté de la porte, et gratifiai ma mère d'un sourire tremblant lorsqu'elle posa une tasse de café corsé devant moi. Elle était petite, rondelette, et ses yeux avaient la même couleur et la même forme que les miens. Ou l'inverse, pour être précis.

— *Mijo*, commença-t-elle.

Elle marqua ensuite une pause en essayant de trouver ce qu'elle souhaitait me dire.

— Alejandro, ta sœur et ta grand-mère m'ont dit que je ne devrais pas parler de l'église, mais comment puis-je ne pas le faire quand une si grande partie de ce que nous sommes lui est liée ?

— Je pense qu'elles voulaient te dire de ne pas te cacher derrière la religion. Si tu as un problème avec mon homosexualité, dis-le. Sois honnête, ne te cache pas derrière le dogme.

— D'accord, je ne comprends pas cette vie que tu choisis.

Je fronçai les sourcils. Elle soupira et me donna ensuite le sucrier.

— Non, tu ne l'as pas choisie, tu es né comme ça. Dieu t'a fait gay. Il ne commet pas d'erreurs, donc tous les gays du monde sont les exemples parfaits des miracles de Dieu.

Je ricanai en mélangeant le sucre dans mon café avec force, comme si j'essayais de détacher les bernacles sur le flanc d'un remorqueur.

— Tu as discuté avec Elizabeth.

— Elle nous a parlé, à moi, ton père et tes cousins. Elle est têtue comme une mule.

— Elle tient ça de toi, lui fis-je remarquer.

Mamá secoua la tête, ses ongles fraîchement vernis tapotant les bords de sa tasse.

— *Sí*, oui, de bien des façons, comme vous tous. Mais vous êtes également des personnes indépendantes. Juan est quelqu'un de drôle, ravi d'être célibataire. Je ne le comprends pas, ni aucun de mes enfants, mais ce n'est pas parce que je ne vous comprends pas que je ne devrais pas *essayer*. Alors, s'il te plaît, aide-moi à te comprendre, Alejandro. Quand as-tu su que tu n'aimais pas les filles de façon normale ?

Je haussai un sourcil, mais elle ne le remarqua pas. Il faudrait du temps. Beaucoup de temps. Je jetai un coup d'œil à l'horloge sur le mur. Je n'étais pas certain que nous ayons suffisamment de temps pour couvrir cette simple question ce matin, mais je fis de mon mieux pour expliquer comment j'en étais venu à me rendre compte que j'étais différent des autres mecs de mon équipe, de ma classe, de ma famille.

— Ta *Tia* Celeste était une lesbienne, chuchota-t-elle après ma longue explication, comme si elle craignait que la Vierge entende cet aveu et la regarde d'un mauvais œil. Je l'aimais beaucoup, mais je ne comprenais pas pourquoi elle préférerait être seule plutôt que de choisir d'être avec un homme. Ce genre de choses, être ouvertement homo et parader dans la ville, ça n'arrivait pas quand j'étais jeune, c'était caché. On a demandé à Celeste de déménager. Elle est morte seule, son *amie colocataire* s'étant éteinte deux ans avant elle. Alejandro, je ne veux pas que tu meures seul.

Je glissai ma main sur la table, la retournai et l'ouvris. Elle posa sa main sur la mienne et je serrai ses doigts.

— Je ne mourrai pas seul. J'ai Sebastian, *Mamá*. Je suis vraiment en colère que tu lui aies interdit de venir à la fête.

Le visage de ma mère se durcit.

— Ce n'est pas juste, c'est tout, conclus-je.

— Alejandro, ton ami…

— Petit ami. C'est mon petit ami.

Elle pinça légèrement les lèvres. Quelqu'un, à l'étage, commença à chanter *La Belle et la Bête* à pleins poumons. Ma sœur exploserait comme une supernova avant la fin de la journée.

— Oui, bien sûr. Ton petit ami est un homme intelligent, calme, plus âgé, mature. Il comprend qu'actuellement, à cette fête, le fait que tu te comportes en gay devant la famille fera plus de mal que de bien. Parfois, nous devons choisir nos combats. Faisons en sorte que cette journée soit celle de ta sœur.

— Oui, mais je veux que tu saches qu'au prochain événement familial, j'emmènerai Sebastian et je ne me cacherai pas dehors ou dans un coin.

— Je comprends.

Elle me tapota la main. Sincèrement, j'ignorais si elle avait tout compris, mais elle avait été avertie.

— Bon, laisse *Tia* Margarita te couper les cheveux.

Je réussis à échapper à la coupe de cheveux, mais je polis mes chaussures quand plusieurs de mes tantes mentionnèrent leur couleur mate. À dix heures, la maison était bondée. À onze heures, nous étions tous en route vers l'église Notre-Dame de Guadalupe pour la brève messe. Elizabeth, mes parents et sa cour royale entrèrent en premier dans l'église et nous les suivîmes. Ma sœur portait une robe de bal d'un jaune éclatant. Honnêtement, elle ressemblait à une princesse Disney, tout comme sa cour. Mon père ne m'avait pas encore adressé la parole et la majeure partie de mes cousins non plus. Héctor n'était pas venu, ce qui était plus sage. Quand ma sœur eut reçu le sacrement, elle posa un bouquet aux couleurs vives aux pieds de la statue de la Vierge. Elle reçut ensuite une nouvelle Bible, un rosaire et un anneau de la part du Père Delgadillo.

Nous fûmes ensuite emmenés au restaurant Vents du Désert par des limousines de location, à quatre pâtés de maisons de notre église, pour la fête. La pièce que mes parents avaient louée était décorée en jaune, blanc et doré. Les tables étaient couvertes de nappes blanches, de beaux arrangements floraux jaunes et de couverts dorés assortis aux bords des assiettes en porcelaine de Chine. Deux cents personnes, plus ou moins, assistaient à la fête, donc l'immense salle était remplie de tables rondes. Une longue table pour ma sœur et sa cour avait aussi été installée. Avec tant de regards rivés sur moi, je restai en retrait et tentai d'être aussi discret que possible. C'était facile, comme ma sœur Elizabeth était si belle que tout le monde avait envie de la regarder. Personne ne m'adressa la parole, mais beaucoup de choses furent dites à mon sujet. Je voyais les regards étranges et entendais les chuchotements quand je passais.

Je restai pendant toute la fête. Je pus voir mon père et ma petite sœur danser et, oui, il pleura, mais le cacha bien. La danse surprise fut amusante et la nourriture fut délicieuse. Le traiteur avait apporté des tonnes de nourriture mexicaine, riche et épicée, qui était presque aussi bonne que la cuisine de ma mère. Presque. Le bar était ouvert, la musique tonitruait et ma famille faisait vraiment la fête. Je m'échappai quand tout le monde, y compris *Abuela*, se trouvait sur la piste de danse. Me faufilant à l'extérieur de la salle, je m'arrêtai à côté de la sortie à l'arrière du bâtiment, inspirai l'air chaud et expirai lentement. Je m'attardai à l'ombre une minute, pour commander un Uber et tenter de chasser le mépris de tant de membres de ma famille. J'ignorais ce qui était le pire : les regards silencieux et dégoûtés ou un coup en plein visage. Je n'avais pas été frappé, mais j'aurais préféré me bagarrer avec quelques-uns de mes cousins, plutôt que de voir la révulsion sur de si nombreux visages. Des visages avec qui j'avais joué, depuis que j'étais en couches-culottes.

La porte s'ouvrit, claquant mes fesses. Je bondis pour me décaler et laisser sortir le fumeur qui avait besoin de prendre une taffe. Mon père sortit et baissa les yeux vers moi. Mes doigts se resserrèrent autour de mon portable. Il était si beau, dans un costume de la même teinte gris fumé que le mien. Ses cheveux étaient tirés en arrière et ses mèches argentées étaient prononcées.

— Je peux aller attendre mon Uber devant, lui proposai-je en voyant le malaise marquer son visage.

Il regardait fixement les arbres qui s'agitaient au vent.

— Viendras-tu à la maison pour l'anniversaire de ta mère, en août ?

— *Sí papá, si me permiten volver a casa*.

Il plissa ses yeux noirs d'un air confus.

— Pourquoi n'aurais-tu pas le droit de rentrer à la

maison ? Tu es notre fils, peu importe ce que tu es. Ça ne changera jamais.

D'accord, waouh. Ce n'était pas une véritable haine, selon moi. Je pouvais faire avec.

— Merci. Si je viens, Sebastian m'accompagne.

Il scruta longuement les arbres. Je consultai mon portable. Mon chauffeur était à une minute de là.

— Je comprends, répondit-il enfin avant de rentrer.

Bon, ce n'était pas une vraie réponse, mais une fois encore, je pouvais gérer. Il ne m'avait pas mis de claque et ne m'avait pas affublé d'un surnom infâme. Je me dépêchai de rejoindre l'avant du restaurant et retirai ma cravate en courant, avant de m'installer à l'arrière d'une Honda Accord agréablement climatisée.

J'avais hâte de retrouver les bras aimants de Sebastian.

DIX-HUIT

Seb

LE TON DES RÉSEAUX SOCIAUX AVAIT CHANGÉ. PAS suffisamment pour que je me retrouve sans boulot, mais assez pour que je pense que mes stratégies fonctionnaient. J'étais convaincu que si la « ligne qui a la RAJ » arrêtait de dominer les matchs et de mettre des buts, il ne serait pas aussi facile pour nos fans d'accepter l'homosexualité d'Alex. Ils devenaient les héros de l'équipe, avec Colorado, qui était de plus en plus constant à chacun de ses matchs. Aujourd'hui, nous réalisions la dernière séance photo promotionnelle alors qu'il nous restait trois matchs dans la saison. Nous allions vraiment sécuriser notre quatrième place sur huit dans notre ligue, bien que nous n'ayons aucune chance, sur le plan statistique, de tenter de remporter la coupe Stanley.

L'humeur était bonne. Nous allions recevoir San Diego dans notre patinoire et Jason me parlait de ma contribution auprès de l'équipe.

— … donc si on pouvait conserver ton soutien par e-mail, ce serait super.

Il attendait une réponse, que je dise qu'il était merveilleux que l'équipe mette tant d'espoir dans ce que j'avais fait et que, oui, j'adorerais continuer à travailler avec les Raptors, à distance, depuis mon bureau du Royaume-Uni.

Seulement, je n'avais pas envie de dire ça, car *envisager* un soutien partiel à distance signifiait que je m'en allais et, pour l'instant, je n'étais pas prêt à partir.

— Ouais, répondis-je.

Son visage se décomposa.

— Bien sûr, je comprends que tes autres contrats te prennent tout ton temps. Nous ne pourrions pas te payer pour une période fixe, mais tu as ajouté de la valeur, ici, Seb. Et il faut que tu travailles sur tant d'autres choses. Nous pourrions te rémunérer, ajouta-t-il avec désespoir.

Je savais que davantage de billets étaient vendus pour les matchs, mais je n'étais pas certain qu'ils représentent *tant que ça*. Bon sang, ce n'était pas comme si j'avais besoin de cet argent, de toute façon. C'était tout de même une décision capitale.

— Je vais y réfléchir, dis-je.

Puis, comme Jason commença à ressembler à un chien battu, je lui claquai une main sur l'épaule.

— Mais j'ai adoré travailler avec les Raptors, alors pourquoi voudrais-je m'arrêter maintenant ?

Cela suffit à faire sourire mon ami. Ceci étant fait, j'étais libre de lui échapper, ainsi qu'à Mark, qui avait également suggéré un contrat de travail à distance. Ils comprenaient tous les deux que mon chez-moi était en Angleterre. Mais pour Alex ?

Si je rentrais chez moi, nous nous verrions peut-être quelques fois par an, pour un long été, et voilà tout. C'était moi, qui avais un double passeport. Je pouvais donc partager mon temps entre l'Angleterre et l'Arizona. Alex le souhaiterait-il ? Comptait-il sur ma présence pour un temps limité, seulement ? Pourquoi doutais-je de lui ? Ou de moi ? Je l'aimais et il m'aimait.

— Salut.

En parlant du loup. Alex apparut, toujours en costume et cravate. Il partait pour les vestiaires afin de se préparer pour le match.

— Salut, dis-je pour rester neutre, au cas où mon ton trahirait des choses que je ne souhaitais pas révéler.

— Je me disais… me répondit Alex en fronçant les sourcils alors qu'il me scrutait.

— Oui ?

— Je veux passer du temps avec Henry cet été, peut-être rester un peu avec lui, mais tu sais quoi ? J'ai trouvé un entraîneur qui a déménagé loin des États-Unis et s'est établi dans une ville près d'Oxford. Et tu sais quoi ? Je ne suis jamais allé en Angleterre.

Je me tournai pour être face à lui, n'étant pas sûr de bien l'entendre.

— Alex ?

— Tu rentres chez toi. J'ai du temps. Je pourrais peut-être aller en Angleterre quelques semaines. Tu peux me montrer…

— Oui.

Il sourit, avant de me faire un clin d'œil et de partir rejoindre son casier. J'avais le temps de penser à ce qui se produirait après l'été, car, pendant un petit moment, j'aurais Alex chez moi. Ce qui était parfaitement génial.

— Tu ressembles au chat de Cheshire, observa Colorado en passant devant moi.

Je n'avais rien à répondre à ça, car je souriais bien trop.

———

J'AVAIS TANT de choses à montrer à Alex. Dès que nous atterrîmes, je ne cessai de lui parler.

— Et le Château de Windsor n'est pas loin d'ici, non plus. Nous pourrions y aller, si tu le souhaites ?

Je crois bien que c'était ma dixième suggestion en l'espace de quelques minutes et Alex me scruta avec les yeux écarquillés et la bouche ouverte.

— C'est avant ou après l'endroit où le Roi Machin a épousé la Princesse Truc ? Ou le faux Stonehenge parce que le vrai est trop commercial, ou Bath où habitaient les Romains ? Ou alors, c'est après toute la visite de la ville de Londres ?

Il me taquinait, je le savais, et je sentis le rouge me monter aux joues. Je ne pus m'en empêcher. Je voulais lui parler de tout ce qui se trouvait chez moi. L'Histoire était partout autour de moi et j'avais supposé que c'était ce qu'un Américain visitant le pays pour la première fois voudrait voir.

Il rit alors et posa une main sur mon genou.

— Je plaisante. Je veux tout voir, mais surtout, je veux rencontrer ta mère et visiter ta maison. On peut commencer par ça ?

— Oui.

Je pris la sortie sur l'autoroute et partis en direction du nord-ouest, loin de Londres, pour m'engager dans les Cotswolds. Nous entamâmes notre voyage comme si nous avions toujours roulé ensemble. Il y eut de la musique et des taquineries. Deux heures plus tard, nous nous garâmes devant chez moi.

— Oh waouh, s'enthousiasma Alex en sortant de la voiture.

Je me demandais ce qu'il voyait quand il regardait le bâtiment de pierres jaunes, au milieu de trois anciens cottages, complétés par un toit en ardoises et des roses grimpant autour de la porte d'entrée. J'aimais ma maison, ma sécurité. Le fait que ma mère et ma tante vivent à côté n'était qu'un atout supplémentaire. Pouvais-je quitter ça ? Une crampe m'assaillit alors même que j'effleurais l'idée.

— On dirait qu'elle sort d'un film, dit Alex en secouant la tête. C'est beau.

— Elle a été construite dans les années 1700…

Il m'embrassa, juste devant ma maison, derrière les rosiers, et je le serrai contre moi.

— Merci de m'avoir emmené. J'adore. Est-ce que je vais me cogner la tête à l'intérieur ? Est-ce qu'il y a des poutres ? Est-ce qu'il y a un foyer ouvert ? On peut faire du feu ? demanda-t-il d'un ton douteux. J'imagine que c'est juste pour l'hiver, n'est-ce pas ? Quelle maison est celle de ta mère ? On peut la rencontrer ?

— Oui, tu vas te cogner la tête. Non, pour le feu. Viens avec moi.

Je le pris par la main et l'attirai sur le chemin jusqu'à la porte d'entrée de la maison de ma mère. Je n'eus pas besoin de frapper. Je savais qu'elle et ma tante nous attendraient.

— Sebastian ! cria maman dès qu'elle ouvrit la porte.

Elle m'attira dans ses bras et m'étreignit fermement. Cette femme avait tout sacrifié pour moi et je l'aimais pour tout ça. Je l'enlaçai donc tout aussi fort. Quand nous nous séparâmes, elle prit immédiatement Alex dans ses bras. Je ne pouvais penser qu'à une seule chose : ma mère, avec son mètre cinquante-deux, était minuscule en comparaison à mon petit ami.

— Tu dois être Alex. Entre, entre, bienvenue en Angleterre. Sebastian me dit que tu joues au hockey, dans une équipe au milieu du désert. Comment ça fonctionne ?

J'entendis leurs voix s'estomper alors qu'ils partaient dans la cuisine. Ma tante Olivia m'étreignit alors et me dit à quel point je leur avais manqué.

— Vous m'avez manqué aussi, confirmai-je avec sincérité.

Je me laissai guider vers la cuisine, où elles s'étaient surpassées pour la nourriture.

— Ta mère a dit que nous n'en avions pas assez, mais on peut toujours en préparer plus.

— Un scone ? entendis-je Alex demander.

Ma mère et lui étaient penchés au-dessus de la table de cuisine, qui semblait sur le point de s'écrouler sous le poids de la nourriture.

— C'est ça, et nous mettons de la confiture et de la crème dessus. De la crème caillée, cela dit.

— Caillée ? D'accord, il vaudrait mieux que vous me montriez. C'est la confiture, c'est ça ? La gelée, vous voulez dire ? Et elle se met en premier ?

— Maman, tu dois nous laisser entrer dans la maison avant d'essayer de le nourrir.

Ma mère leva les yeux vers moi.

— Oh, mon cœur, Alex est adorable. Il me dit qu'il m'expliquera le hockey et que nous irons faire des courses ensemble.

Comment cela avait-il pu se produire en l'espace d'une minute ? Dieu seul le savait, mais ma mère était rapide.

— Tante Olivia, je te présente mon petit ami, Alex.

Olivia et Alex s'étreignirent. Maman m'enlaça à nouveau. Mon homme me prit ensuite dans ses bras. Bon sang, nous nous étreignîmes tous pendant si longtemps que je crus que nous allions rester debout. Lorsque nous nous assîmes enfin, je vis maman montrer à Alex comment construire le scone parfait pour accompagner son thé au lait. Elle lui expliqua ce qu'était le Battenberg cake et comment préparer une bonne tasse de thé. Pendant tout ce temps, Alex souriait et son expression ne s'assombrit pas, même quand tante Olivia lui pinça la joue et lui tapota la tête. Il était si heureux, ici. J'avais envie de le garder dans cette cuisine pour toujours.

Une fois que nous eûmes mangé et promis de passer prendre les deux femmes le lendemain matin pour visiter les ruines romaines – le choix d'Alex –, nous partîmes chez moi. Je libérai de l'espace dans le placard pour lui et nous rangeâmes nos valises posées sur le lit.

— Mets tout ce que tu as sur la gauche du dressing, dis-je en lui montrant, au cas où.

— Le placard, rétorqua Alex.

Je saisis l'un de ses pantalons.

— Ouais, mets ton futal dans le dressing.

Il se rapprocha et saisit son vêtement avant de le jeter sur ma chaise.

— Tu veux que je mette mon blue-jean dans le placard.

— Ouais, ton futal.

Il m'embrassa pour m'empêcher de parler et entrecroisa ses doigts derrière ma nuque avant de mettre fin au baiser.

— Dis autre chose, m'ordonna-t-il. Tu m'excites tant.

— À propos de mon dressing ? lui demandai-je avant de sourire narquoisement pendant notre baiser.

— Et l'accotement, répète-moi ça.

Il s'appuya contre moi et même si je n'avais jamais cru que mon accent anglais était particulièrement sexy – c'était simplement ma façon de parler –, il semblait avoir un effet sur Alex, qui bandait contre moi. Je le guidai vers le lit jusqu'à ce que l'arrière de ses jambes le heurte. Je sortis alors le grand jeu du Britannique.

— Tout à l'heure, je t'emmènerais faire une balade pendant tes congés, le long de l'accotement, et on achètera du fish and chips au drive. Quand on l'aura fini, je te ramènerai et une fois que tu seras passé aux W.C., on pendra ton futal dans le dressing, on fermera les tentures, on éteindra toutes les lumières et on se servira d'une lampe-torche pour trouver…

Je ne pus aller plus loin, avec mon histoire ponctuée de vocabulaire britannique ridicule, comme il me poussait sur le lit, les valises ayant été jetées au sol. Il me montra alors à quel point ma façon de parler l'avait excité.

Je n'avais jamais été aussi heureux d'être britannique.

NOUS EÛMES quatre semaines et fîmes le tour de la campagne. Nous étions simplement amoureux. Le travail m'attendait et à part quelques heures de repos ici et là, je vivais mes premières véritables vacances depuis l'université. Je présentai à Alex la merveille qu'était un pub anglais de campagne. Nous traversâmes la frontière avec le Pays de Galles et passâmes un long week-end torride et sexy à Cardiff. Nous visitâmes tant d'endroits que je n'avais moi-même jamais vus. Parfois, nous nous tenions la main quand personne ne nous voyait, mais mon côté paranoïaque pensait qu'il ne fallait qu'une seule photo pour que cela se sache aux États-Unis. J'ignorais qui reconnaîtrait Alex, ici, mais il suffisait qu'un fan des Raptors prenne des vacances ici et son secret était foutu. Nous ne discutâmes jamais de choses sérieuses, jusqu'à ce qu'il ne reste que deux jours avant le vol de retour d'Alex. Il était devenu de plus en plus silencieux et pensif. J'évitais prudemment toute mention de son retour imminent aux États-Unis et le laissais définir notre planning, mais jusqu'ici, il était resté très discret sur un avenir quelconque.

Nous étions partis faire une longue promenade le long de la rivière traversant la petite ville de Bourton-on-the-Water. Nous traversâmes chacun des cinq ponts en discutant du hockey et de nous, mais lorsque nous rentrâmes, c'était comme si nous n'avions pris aucune décision sur ce qui se passerait ensuite.

Je sentais qu'Alex avait quelque chose à dire, mais qu'il ne le dirait pas. Mon cœur craignait ce qu'il pourrait déclarer et je me surpris donc à changer de sujet chaque fois que la conversation devenait sérieuse.

Je savais que je souhaitais tout lui offrir, mais que je n'avais pas envie de l'écraser et de le forcer à faire quelque chose qui ne lui correspondait pas.

Nous étions ainsi dans une impasse pitoyable. Atteignant la maison, il marqua une pause devant le portail et, au lieu de l'ouvrir, il se tourna vers moi. Je sentis que c'était le moment où tout ce qui me passait par la tête, mes peurs et mes inquiétudes, se concrétiserait.

— J'ai toujours voulu jouer au hockey, affirma-t-il.

— Je sais. Tu l'as déjà dit.

Je me montrai prudent et, selon moi, il n'était pas sage de lui demander pourquoi il me racontait ça.

— Mais je pourrais être guide, à Bath ou à Cardiff. Je pourrais tout apprendre et rester ici, avec toi. Je pourrais tout abandonner pour toi, si tu me le demandais.

Ma poitrine se comprima. Ce n'était pas ce qu'il souhaitait, pas vraiment.

— Rentrons, l'encourageai-je.

Nous allâmes à l'intérieur et fermâmes la porte d'entrée derrière nous.

— Ce n'est pas ce que tu veux, dis-je quand il me dévisagea comme s'il était choqué. Ta famille signifie tant pour toi et je ne pourrais accepter que tu abandonnes le hockey, bon sang. La patinoire est ta maison et c'est là que tu es le plus vivant.

— Je ne veux pas que ça se termine, répondit-il d'un air presque désespéré.

— On a peut-être fait notre temps, suggérai-je. Tu dois partir et voir ce qui t'attend encore. Tu n'as pas à t'installer avec le premier homme dont tu tombes amoureux.

Il s'affala sur le fauteuil le plus proche et ses épaules se voûtèrent.

— C'est ce que tu crois ? Je n'arrive pas à croire que tu le penses vraiment. Je t'aime.

— Et je t'aime.

Je m'assis face à lui.

— Alors pourquoi me repousses-tu ?

— Je ne te repousse pas, Alex.

— Tu ne veux pas parler du fait qu'on se reverra.

— J'attendais que tu entames la conversation.

— Et je t'attendais.

Nous tournions en rond, mais une chose était claire : nous évitions tous les deux le sujet tabou.

— Alex, parle-moi.

— Reviens avec moi en Amérique. Tu n'aurais pas à vivre là-bas, mais tu as dit que ton père était américain. Tu pourrais obtenir un passeport, si tu le voulais.

— J'en ai déjà un.

— Oh.

Il écarquilla les yeux.

— *Oh*, répéta-t-il.

— Ça ne veut pas dire que j'ai envie de quitter l'Angleterre.

— Je sais que tu n'aurais pas envie de déménager aux États-Unis, mais si je me dégotais un endroit plus éloigné de la patinoire ? Tu pourrais rester plus longtemps, peut-être même plusieurs mois en hiver ? Je suis sûr que de nombreux contrats et de nombreuses entreprises ont besoin de ton aide. Même si tu rentrais plusieurs fois, nous pourrions nous parler sur Skype…

Je savais qu'il attendait que je dise quelque chose. Je me décalai pour m'asseoir à côté de lui.

— Je t'aime, commençai-je.

— Merde, tu vas me donner un *mais*, hein ? murmura-t-il.

— Le *mais*… dis-je avant de soupirer. Alex, je suis le premier mec que tu fréquentes et tu devrais…

— Tu veux que je sorte et que je baise d'autres mecs ? Hein ?

Sa vulgarité me fit grimacer. Ce que nous faisions

n'était pas de la *baise*. Nous faisions l'amour. Ce que nous avions était réel et spécial.

— Non.

— Tu as tant d'expérience, à trente-deux ans, cracha-t-il. C'est ce que tu as fait ? Tu as couché à droite et à gauche dans toute l'Angleterre ?

J'avais surtout passé des heures interminables à travailler pour que mon cabinet de consultant décolle, mais oui, j'avais eu mon lot de relations minables. Seulement, aucune d'elles n'était comme ça. Je n'étais jamais tombé amoureux, auparavant, et qui étais-je pour dire si tomber amoureux à vingt-deux ou trente-deux était ce qu'il fallait faire ?

— Non. Et on ne baise pas. On fait l'amour. Il y a une différence. Si je pensais ne serait-ce qu'une minute que…

— Quoi ? insista-t-il. Qu'est-ce que tu penses ? Seb, parle-moi.

— Si je croyais que tu étais réellement prêt pour le genre d'éternité que je veux avec toi, si je n'avais pas l'impression de te forcer à t'engager…

Il devenait trop doué pour me faire taire avec des baisers, mais je l'en empêchai.

— Alex…

— Je veux l'éternité. Avec toi. Et un jour, je veux faire mon coming-out et devenir une inspiration pour les jeunes joueurs de hockey. On achètera une maison ensemble et tu y viendras quand tu le pourras. Tu feras venir ta mère et ta tante. Quand j'aurai un gros contrat, je pourrai tout payer et, bon sang, Seb, je t'aime tant que je ne supporte pas l'idée que ça se termine.

Son ton était exaspéré, voire désespéré, puis il parut tout simplement dépassé.

— Que dois-je dire pour te faire voir que…

Cette fois-ci, je le fis taire avec un baiser et reculai ensuite.

— Je t'aime. Faisons en sorte que ça fonctionne.

— Ensemble, aux États-Unis et ici. Les visites de ta mère, la maison… tu veux tout ?

Il était facile de répondre à cette question.

— Je veux tout. Avec toi.

Épilogue

ALEX

— LÈVE TA JAMBE PLUS HAUT. OUI, C'EST… OUI.

Il remua sous mon corps, le sien se resserrant autour de moi alors que je m'enfonçais davantage.

— Ah, bon sang, chantonna Sebastian.

Ses doigts libérèrent le drap-housse alors que je heurtais sa prostate encore et encore.

Son corps était trempé de sueur, collé à mon torse et son visage était posé contre le matelas mis à nu. J'adorais ça. Ce corps d'homme solide contre le mien, les grognements masculins, la sensation de ses fesses, la chaleur et la pression. C'était mon monde, mon homme, mon être tout entier, emmailloté dans cet immense lit au cœur d'une adorable maison des Cotswolds.

— Recommence… non, oui.

Il cambra le dos et la sensation manqua de faire exploser ma tête sur mes épaules. Le plaisir d'être en lui était inexplicable. Aucun mot ne pourrait faire justice à cette sensation. Sebastian était un enseignant si généreux et j'étais un étudiant impatient. Je n'avais pas encore commencé à être pris, mais nous n'étions pas du tout pressés. Seb adorait ça et j'étais encore nerveux après tout ce temps. Certaines habitudes étaient difficiles à perdre.

— Plus vite, s'il te plaît.

Ses mots passionnés m'arrachèrent à mes pensées sur un Alejandro qui n'existait plus, du moins, j'aimais le croire. Évidemment qu'il existait. Il faisait son apparition, de temps à autre. Il me tançait et me jugeait, il me qualifiait de déviant et d'obscène, mais Seb m'extirpait ensuite de mon passé sombre pour me ramener dans ce présent brillant. Je m'allongeai au-dessus de lui, écartant davantage ses jambes alors qu'il donnait des coups de reins.

Il se cambra pour venir à la rencontre de mes va-et-vient. Je jouis en premier. Il me suivit de près. Ses petits cris orgasmiques volèrent jusqu'au plafond pour se joindre aux miens. Je frissonnais et j'étais poisseux. Mes coudes cédèrent ensuite. Je tombai sur son dos, appréciant les frissons alors qu'il déversait sa semence sur les draps et sa main.

— Ah, bon sang, haleta-t-il en roulant des hanches encore et encore pour vider son sexe.

Je léchai sa nuque, m'enfonçai profondément une dernière fois, puis me retirai, mes pieds retombant par terre. Sebastian s'allongea sur le dos. Je sentis son regard sur moi alors que je me rendais dans la salle de bain à pas feutrés. Je nouai et jetai le préservatif dans la poubelle avant de me placer sous le pommeau de douche. Nous prenions l'avion, aujourd'hui. Notre été en Angleterre était terminé. Nous retournions vers l'Arizona, les Raptors et ma famille. La communication entre moi et quatre-vingt-dix-neuf pour cent du clan Santos-Garcia avait été compliquée. Je parlais quotidiennement à ma fratrie et à *Abuela*. Je discutais quotidiennement avec ma mère, jamais avec mon père, mais après tout, il n'était pas fan des réseaux sociaux. Maman quémandait des photos, mais ne faisait jamais de commentaires sur celles où l'on me voyait avec Seb. Ce qui me blessait. Au moins, elle m'adressait la parole. Mes cousins ? Pas vraiment. C'était en partie ma faute, mais ce fossé était en grande partie de leur fait. Je m'étais éloigné de l'Amérique autant que possible lors des vacances que nous avions passées ici. Je devais apprendre à être un homme gay, dans une relation sérieuse. Je devais me trouver moi et ma spiritualité. Je devais être libéré des tensions raciales. Je devais simplement *exister*. J'avais trouvé une grande paix dans ce village pittoresque. Les habitants étaient ravissants, la nourriture incroyable et la télé était meilleure que la moyenne. Et puis il y avait Sebastian.

Je remarquai après avoir quitté la douche avec une serviette autour de mon cou que ce dernier dormait à poings fermés avec un sourire satisfait sur les lèvres. Je couvris ses fesses pâles, enfilai des vêtements confortables pour le voyage et partis dans la cuisine pour allumer la bouilloire. Le thé était la norme, à présent. Le café me manquait, surtout le doux café mexicain que *Mama* préparait tous les matins. Le truc instantané qu'ils vendaient ici était dégoûtant, j'étais donc passé au thé. Alors que la bouilloire frémissait et fumait, je partis vers la grande baie vitrée au coin de la maison et observai la cour, ou le jardin, comme Seb l'appelait. Pour moi, un jardin était un petit lopin de terre où l'on faisait pousser des légumes. Je souris en pensant aux petites moqueries que j'avais subies ici, ces dernières semaines. Il ne s'agissait que de gentilles plaisanteries de la part de Seb, de sa mère, de sa tante et des voisins sur ma façon bizarre de parler ou de dire l'heure.

— On dirait que tu es dans les nuages, dit Seb en arrivant derrière moi, les pieds nus.

Je me penchai en arrière, dans ses bras, et tournai la tête pour un doux baiser.

— Je ne suis pas sûr d'avoir envie de partir d'ici, lui avouai-je en tendant la main pour glisser mes doigts dans ses cheveux mouillés.

Son parfum était frais comme celui du gel douche. Je le quittai du regard pour me reconcentrer sur le jardin alors que mon corps s'installait dans son étreinte.

— Nous devons assister à une fête d'anniversaire dans deux jours.

— Je sais, dit-il contre mon cou. J'y serai avec toi.

— S'ils se comportent mal, nous partirons et ne reviendrons jamais.

— Ne fais pas des vœux que tu pourrais regretter plus tard. Ils se font à l'idée.

— Hmm.

Voilà tout ce que j'allais dire à ce sujet. Ils se faisaient à l'idée. Peut-être. Nous verrions bien à la fête d'anniversaire de ma mère. Pour l'instant, j'avais simplement envie de m'attarder dans ses bras et de profiter du soleil qui réchauffait les pelouses vertes de la ville que je considérais désormais comme ma seconde maison.

— On peut revenir ici tous les étés ?

— Si tu en as envie, alors oui, me taquina-t-il avant de mordiller mon lobe d'oreille tout en me serrant contre lui un peu plus fort.

Oh, oui, j'en avais envie. J'avais aussi envie de tant d'autres choses, mais pour l'instant, passer les étés dans les Cotswolds et les hivers à Tucson ainsi que regarder le jour se lever dans les bras de cet homme s'avérait plus que suffisant.

L'ARIZONA ÉTAIT AUSSI CHAUD, sec et poussiéreux que d'ordinaire. Respirer cet air stabilisa quelque peu mon âme agitée. Ma maison était toujours vide. Ryker refusait catégoriquement de quitter son homme et cette ferme du Minnesota jusqu'au coup de sifflet final. Il lui restait une dizaine de jours. Nous étions à la fin du mois d'août et le stage d'entraînement était censé commencer le neuf septembre. Sebastian et moi avions vu et revu tout l'été les possibilités de logement. Enfin, je l'avais fait tout seul. Il avait été aussi cool et britannique que d'habitude, disant que ce que je souhaitais se concrétiserait. Il émettait des bruits désapprobateurs, mangeait des Cheerios et me passait des biscuits, ce qui ne m'aidait pas du tout.

J'hésitais encore. Emménager avec lui serait comme faire une déclaration monumentale et je n'étais pas certain d'être prêt pour ça. Ma situation familiale était encore terrible. Ainsi, rester à ma place et continuer de partager cette maison avec Ryker et Henry – qui devait être libéré de son centre dans trois semaines – serait peut-être le plus pratique. Ou pas ? Pfff.

Je regardai longuement Seb, qui était assis à côté de moi, quand je m'arrêtai à la station-service, à mi-chemin de San Luis.

— Je crois que je devrais vivre avec Ryker et Henry

— D'accord.

Il détacha sa ceinture, glissa hors de la Jeep, s'étira et entra dans le petit magasin. Je mis de l'essence, mon regard rivé sur le Grand Géocoucou, qui me dévisageait depuis le bord de l'autoroute.

— Bip-bip, dis-je pour appeler l'oiseau.

Il resta planté là et continua de me dévisager.

— Bon, est-ce que c'est comme dans la série *Mayans MC*, où un animal qui apparaît subitement a une grande importance pour l'épisode ?

L'oiseau cligna des yeux en me regardant.

— Genre, je vais courir dans un mur qu'un coyote stupide aura peint pour qu'il ressemble à un tunnel ? Est-ce qu'une enclume va me tomber sur la tête ?

— Tu discutes avec cet oiseau ? s'enquit Seb en apparaissant à mes côtés avec deux canettes fraîches de soda et un sachet de chips Limón.

Je l'avais converti à cette friandise et mon homme y était accro.

— C'est un grand Géocoucou, dis-je en remettant le pistolet d'essence sur son support et en me retournant pour bien fermer mon bouchon.

— Ah, bip-bip et coyote.

Il me sourit et le vent chassa ses cheveux de son front.

— Je t'aime. Je pense que je devrais emménager avec toi.

— D'accord.

Il m'embrassa sommairement sur la joue avant de remonter dans la voiture et de s'attacher. Je levai les yeux au ciel avec une telle vigueur que c'en fut douloureux.

— Pourquoi ne me donnes-tu pas de conseils sur l'endroit où je devrais vivre ? lui demandai-je en remontant dans ma Jeep.

Il avait déjà ouvert le paquet de chips et les mâchait bruyamment.

— Eh bien…

Il marqua une pause pour essuyer ses doigts salés sur un paquet de serviettes coincées sous sa jambe.

— Ce n'est pas à moi de prendre des décisions majeures pour toi. Une chips ?

Il me tendit le paquet. J'y plongeai la main en grommelant et attrapai quelques chips que je fourrai dans ma bouche.

— En plus, pour ta gouverne, j'ai reçu un SMS d'un certain Adler Lockhart qui me demandait si j'avais vu des maisons à vendre autour du centre de rééducation de Henry. Oserais-je demander qui est Adler Lockhart ?

— Sérieusement ? Waouh, euh, c'est un joueur des Railers. Il est plus riche que tu ne peux le concevoir. Pourquoi achète-t-il une maison à Henry quand nous en partageons déjà tous une ?

— Visiblement, sa jambe ne guérit pas comme ils le souhaiteraient, donc ils vont le réopérer pour mettre des vis et lui faire une greffe de je ne sais quoi, mais ça avait l'air dégueu. Donc il ne peut pas vivre dans une maison avec un escalier, comme dans la tienne. Ils sont aussi inquiets pour son œil. Sa vue ne revient pas aussi vite qu'elle le devrait…

— Bon sang. J'aurais aimé avoir dix minutes, seul à seul avec Aarni. *Ese hijueputa con cara de rata !*

— J'ai compris rat et fils de pute, déclara Seb en me tendant une boisson fraîche.

— Oui, c'est tout ce dont tu as besoin pour comprendre l'essentiel. Donc, si Henry ne vit plus avec nous, qui prendra soin de lui ?

Les événements prenaient une tournure terrible.

— Eh bien, jusqu'à ce que Lockhart lui trouve une femme de ménage, un cuisinier et un assistant personnel, ce sera la mère de Henry, répondit-il en relevant le menton en direction de la route. On devrait démarrer. Il y a une voiture derrière nous.

Je jetai un rapide coup d'œil dans mon rétroviseur à l'homme qui patientait et j'articulai silencieusement un « désolé » avant de démarrer le moteur. Lorsque je m'engageai sur l'autoroute, le géocoucou avait disparu. J'espérais qu'il n'avait pas couru vers une pile de graines suspecte.

— Ça n'aura rien de cool. Henry a dit que lui et sa famille ne s'entendaient pas toujours.

J'enclenchai la vitesse de croisière et m'enfonçai sur mon siège, le vent fouettant mon visage alors que Romeo Santos nous chantait une sérénade.

— La vie est rarement juste, me rappela gentiment mon petit ami.

C'était bien vrai.

Je passai tout le trajet nous menant à la maison à tenter d'apprendre à Sebastian comment saluer ma mère et mon père en espagnol. Nous mangeâmes également des chips et bûmes du soda qui nous fit roter. Nous ne nous étions pas encore garés devant la maison de mes parents qu'Elizabeth sortait déjà par la porte sur le côté pour se jeter sur moi. Riant comme un fou, je la serrai contre moi et la fis tourner en cercle. Son rire joyeux résonna comme une douce mélodie. Dès que ses minuscules pieds nus touchèrent le trottoir, elle repartit en nous attirant, Sebastian et moi, au point de nous faire trébucher dans la cuisine. Ma grand-mère, mes parents et Dwayne, le jeune homme que ma sœur fréquentait depuis qu'il lui avait servi de principal *chambelán*, s'y trouvaient.

Mon regard passa de mon *Abuela* qui me souriait à mes parents. Nous nous attardâmes dans l'embrasure de la porte, ma main cherchant celle de Seb et la trouvant. J'inclinai le menton. Mon père se leva. Nos regards se rivèrent l'un sur l'autre.

— *Bienvenido a casa, hijo.*

Il me tendit une main que je serrai. Il la tendit ensuite à Sebastian.

— Bienvenue. Merci d'avoir pris soin de notre fils de l'autre côté de l'Atlantique.

— *Gracias por invitarme a su fiesta, es un placer verlo de nuevo,* répondit Sebastian alors que son regard alternait entre mon père, ma mère et ma grand-mère.

Cette dernière leva la main pour me pincer les fesses. Je ricanai avant de me baisser et de déposer un baiser sur sa joue burinée.

— Tu m'as manquée, *Abuela.*

— *El amor te queda, mi niño,* chuchota-t-elle, tandis que Dwayne se levait et rejoignait Elizabeth à la recherche d'autres chaises de cuisine.

Je regardai au-dessus de ma mère alors qu'elle entamait une conversation sur la famille royale avec Sebastian. Il me fit un clin d'œil espiègle lorsqu'elle lui demanda s'il connaissait le Prince Harry, qu'elle aimait beaucoup, comme il avait épousé une femme américaine de couleur.

Oui, j'imagine que l'amour me donnait bonne mine. Difficile à dire, mais je savais que c'était très agréable.

Tout comme d'être assis autour de cette table avec mon petit ami à mes côtés. J'emménagerais peut-être avec lui, après tout. Seul le temps nous le dirait. Une chose était certaine : peu importait où était livré notre courrier, nos cœurs étaient liés pour toujours.

Fin

À suivre pour les Raptors

Ombres et lumière (Raptors #3)

Est-il plus facile de tomber dans l'ombre que de s'accrocher à la lumière ?

Quand il a été blessé dans un horrible accident de voiture provoqué par un homme qui lui donnait l'impression d'être un moins que rien, le pronostic vital de Henry a été engagé. Sa carrière de joueur de hockey a aussi été mise en suspens et les cauchemars ont commencé à le poursuivre dans son sommeil. Il a du mal à marcher et les autres ont beau lui dire d'avoir espoir, parce qu'il est jeune et en forme, sa vue est compromise et il tombe dans le désespoir. Il a enfin été autorisé à rentrer chez lui, dans la maison qu'il partage avec Ryker et Alex, mais sa mère prend soin de lui. Celle-ci est résolue à ne jamais le laisser retourner dans une patinoire et cela le rend fou. Elle souhaite qu'il emménage avec sa famille et rejoigne leur agence immobilière, mais cette idée le terrifie. Le hockey lui conférait une liberté qui lui a été arrachée.

Les médicaments réussissent à atténuer la douleur, mais seule une opération expérimentale et risquée guérira son œil. D'un côté, si l'opération invasive réussit, il pourrait un jour retourner sur la glace, mais de l'autre, si elle capote, il pourrait devenir aveugle pour toujours. Repousser sa mère donne à Henry l'impression qu'il reprend le contrôle. Néanmoins, sa solitude le tue, jour après jour, jusqu'à ce qu'Apollo arrive chez lui et lui annonce qu'il emménage. Avec son sourire joyeux et son optimisme contagieux, ainsi que ses règles pragmatiques, Apollo devient lentement une part intégrale de la vie de Henry. Cependant, un jour, quand il ira mieux, celui-ci s'en ira. Que se passera-t-il alors ? Henry est-il vraiment tombé sous le charme de l'homme aux yeux noirs ou n'est-ce que de la poudre aux yeux ?

S'il y a bien une chose qui n'a pas de secret pour Apollo Vasquez, c'est comment aider les autres et vivre avec des athlètes bizarres. Après tout, il a passé la majeure partie de sa vie d'adulte à s'occuper de l'un des héritiers du hockey les plus riches des États-Unis. Ses journées ont été emplies d'amitié, de rire et de la sensation qu'on avait besoin de lui. Du moins, c'était le cas auparavant. Lors de l'année qui s'est écoulée, le meilleur ami d'Apollo, Adler Lockhart, s'est éloigné en passant plus de temps avec son petit ami, sur la glace ou en voyage tout autour du monde avec l'homme qu'il aime. Apollo a donc l'impression d'être une cinquième roue du carrosse imposante et se retrouve seul dans un appartement luxueux sans personne à dorloter.

Sachant que sa vie est à un carrefour, sa nature aimante le conduit loin de son ami d'enfance et vers la ville sèche et désertique de Tucson, où il s'engage à prendre soin de Henry Greenaway, car le jeune joueur des Raptors se remet mentalement et physiquement d'un accident de voiture qui a failli lui être fatal. Henry est également confronté à une nouvelle vie qui pourrait l'éloigner du sport qu'il aime depuis si longtemps. Le médecin a seulement demandé à Apollo de cuisiner, de faire le ménage et de lui fournir un soutien moral. Néanmoins, il découvre bientôt qu'il n'est pas seulement en train de se redécouvrir dans cette nouvelle vie qu'il adore, mais qu'il tombe aussi sous le charme de l'adorable homme perdu et blessé qui capture lentement son cœur à chaque sourire timide.

Changer Les Limites (Harrisburg Railers 1)

**Tennant peut-il prouver à Jared que l'âge ne représente
qu'un chiffre et que l'amour est tout ce qui compte ?**

Les frères Rowe sont de célèbres têtes brûlées du hockey, mais
en tant que le plus jeune du trio, Tennant a toujours dû jouer
contre les réputations de ses frères. Afin de sortir de leurs
ombres et refusant de tenir compte de leurs conseils, il accepte
un transfert dans l'équipe des Harrisburg Railers, où il se

retrouve face à Jared Madsen. Mads, un vieil ami de la famille et ancien coéquipier de son frère. Il se trouve être aussi le nouvel entraîneur de Tennant, et l'homme le plus sexy sur lequel il ait posé les yeux.

La carrière de Jared Madsen a tourné court à cause d'une défaillance de son cœur, et être coach lui permet de rester proche du jeu. Lorsque Ten intègre l'équipe, son monde soigneusement organisé se retrouve en plein chaos. De neuf ans son cadet et frère de son meilleur ami, il sait que Ten est totalement hors limites, pourtant dès qu'il voit ses mouvements, sur et hors de la glace, il sent que son cœur pourrait lui causer de nouveaux problèmes.

Changer Les Limites (Harrisburg Railers 1)

Saga Railers Hockey / Saga Owatonna U

coécrite avec RJ Scott

12. Benoit (en français) (Owatona U #3)

Saga Les Coyotes de Chesterford

1. Hors Glace – Les Coyotes de Chesterford #1

Saga Les Raptors de l'Arizona

- D'un océan à l'autre
- Outre-atlantique
- *Ombres et lumière*

RJ Scott

Le but de RJ Scott est d'écrire des histoires avec un cœur romantique, une route sinueuse pour atteindre le bonheur et surtout, ce soupçon de fin heureuse.

RJ est l'auteure de plus d'une centaine de romans publiés et est connue pour écrire des livres avec une fin heureuse.

Elle vit juste à l'extérieur de Londres et passe chaque minute où elle n'est pas avec sa famille à lire ou à écrire.

La dernière fois qu'elle a fait une pause d'écriture d'une semaine, elle a réellement détesté ça. Et elle doit encore trouver une bouteille de vin qui lui résistera.

Website: gayromance.co.uk

Newsletter: gayromance.co.uk/pages/francais

---

amazon.com/author/rj-scott

V.L. Locey

V.L. Locey aime porter des jeans usés, le yoga, les éclats de rire, marcher, lire et écrire des histoires puissantes, la mythologie grecque, les New York Rangers, les bandes dessinées et le café.

(Pas forcément dans cet ordre.)

Elle partage sa vie avec son mari, sa fille, un chien, deux chats, un tas de poules assorties et deux bœufs Jersey.

Lorsqu'elle n'écrit pas des romances épicées, elle aime passer sa journée avec sa ménagerie dans les collines de Pennsylvanie avec une tasse de café à la main.

Website: vllocey.com

Newsletter: vllocey.com/newsletter

---

facebook.com / 124405447678452

x.com / vllocey

instagram.com / vl_locey

bookbub.com / authors / v-l-locey

goodreads.com / vllocey

pinterest.com / vllocey

amazon.com / author / vllocey

www.ingramcontent.com/pod-product-compliance
Lightning Source LLC
Chambersburg PA
CBHW070839250626
47159CB00003B/845